Cakes and Ale

[英] W. 萨默塞特·毛姆 著

章含之

[美] 洪晃 译

寻　欢

W. Somerset Maugham

作　乐

浙江文艺出版社
Zhejiang Literature & Art Publishing House

版权合同登记号：图字：11-2019-1 号

图书在版编目（CIP）数据

寻欢作乐 /（英）W. 萨默塞特·毛姆著；章含之，（美）洪晃译. —杭州：浙江文艺出版社，2020.4
书名原文：Cakes and Ale
ISBN 978-7-5339-5552-6

Ⅰ.①寻⋯ Ⅱ.①W⋯ ②章⋯ ③洪⋯ Ⅲ.①长篇小说—英国—现代 Ⅳ.①I561.45

中国版本图书馆 CIP 数据核字（2018）第 298607 号

寻欢作乐

XUNHUAN ZUOLE

作　　者：[英] W. 萨默塞特·毛姆
译　　者：章含之　[美] 洪　晃
责任编辑：诸婧琦
营销编辑：张恩惠
装帧设计：董茹嘉

出版发行：浙江文艺出版社
地　　址：杭州市体育场路 347 号
网　　址：www.zjwycbs.cn
经　　销：浙江省新华书店集团有限公司
印　　刷：浙江新华数码印务有限公司
版　　次：2020 年 4 月第 1 版
印　　次：2020 年 4 月第 1 次印刷
开　　本：880 毫米×1230 毫米　1/32
字　　数：186 千字
印　　张：9.375
插　　页：9
书　　号：ISBN 978-7-5339-5552-6
定　　价：**52.00 元**

（如有印、装质量问题，请寄承印单位调换）

1
毛姆的母亲。
这张照片毛姆一直放在床畔,直到去世。

2
毛姆十岁时。

3
毛姆十八岁时,
在圣托马斯医学院学习。

4
维奥莱特·亨特,
毛姆为数不多的女性作家朋友。

5
茜瑞·韦尔科姆二十一岁时的样子。
十年后她遇见了毛姆,
十五年后她和毛姆生下了一个女儿,
又过了一年,
她与韦尔科姆先生离婚,
嫁给了毛姆。

6
穿白衣的 L 夫人。
毛姆在《寻欢作乐》第 14 章中
描写的罗茜的肖像画的原型。

7
1929 年的毛姆和茜瑞。
拍完这张照片后,
两人就离婚了。

初版《寻欢作乐》封面。

VILLA MAURESQUE
CAP FERRAT
A.M.

Dear Miss Decker
    Thank you for your nice letter.
        Yours sincerely
            W. Somerset Maugham

8 July

VILLA MAURESQUE
CAP FERRAT
A.M.

Dear Mr. Payen Payne
    Thank you very much for your nice letter. Yes, I should love to have a copy of Idioms & Proverbs. I am sure it will teach me a great deal.
        Yours very gratefully
            W. S. Maugham

THE DORCHESTER HOTEL
LONDON
TELEPHONE: MAYFAIR 8888

Dear Mrs Payan Payne

It is very kind of you, but I'm afraid I can't suggest our coming to dine. I am starting off for foreign parts at the end of next week & meanwhile have to go to Kettering Park; the only free evenings I have I must keep for my relations.

Yours very sincerely

W. S. Maugham

9—11
毛姆手迹。

Contents

目 录

1	第一章
19	第二章
37	第三章
47	第四章
63	第五章
81	第六章
85	第七章
97	第八章
113	第九章
119	第十章
127	第十一章
155	第十二章
165	第十三章

171 ································	第十四章
191 ································	第十五章
199 ································	第十六章
207 ································	第十七章
219 ································	第十八章
225 ································	第十九章
237 ································	第二十章
243 ································	第二十一章
245 ································	第二十二章
251 ································	第二十三章
259 ································	第二十四章
271 ································	第二十五章
279 ································	第二十六章

Chapter
< 1 >

第一章

我发现，如果你不在家时有人给你来电话，留下话要你务必一到家就立即给他回电话，说他有紧要的事找你，这件事就多半是对他紧要，而不是对你紧要。如果对方要送你什么礼物或是帮你什么忙，一般来说他们是不会那么性急的。所以，当有一天我回到寓所已经很晚，换装吃晚饭前仅能喝一点酒，抽一支烟，看一眼报纸，而我的房东费洛斯小姐却进来告诉我说阿尔罗伊·基尔先生曾来电话，要我一到家立即回电时，我觉得我满可以置之不理。

"是那个作家基尔先生吗？"房东小姐问我。

"是的。"

费洛斯小姐用亲切的目光看了一下电话机。

"要我替你接通他吗？"

"不用了，谢谢。"

"如果他再来电话，我怎么回答？"

"请他留下话吧。"

"好吧，先生。"

她噘起嘴，拿了空水瓶，扫视了一下房间，看看是否够整洁，就出去了。费洛斯小姐是个小说迷，我相信她一定读过所有罗伊写的小说。从她对我不把罗伊的电话放在心上这件事的不以为然的表情上看来,她对罗伊的作品是很钦佩的。当我晚上又回到家里时,在小桌上发现一张费洛斯小姐以她那粗大醒目的笔迹写的便条:

  基尔先生两次来电话,问你明天中午是否能与他共进午餐。如你明天不行,请告诉他哪一天合适。

我不禁感到惊奇。我已有三个月没有见到罗伊了。最后一次见面是在一个宴会上,只谈了几分钟。他像往常一样,非常热情;分手时还说对我们难得见面很感遗憾。

"伦敦这地方实在糟糕,"他说,"你永远没有时间去看你真正愿意见的人。下星期找一天我们一起吃午饭,好吗?"

"好吧。"我回答。

"我回家查查我的小本子,然后给你打电话。"

"好的。"

我结识罗伊有二十年了,知道他总是在背心的左上方口袋里放着他那个小本子,里面记着他所有的约会。因此,当我和他分手后再听不到他的音信时,我丝毫不感吃惊。而现在,他这样急切地要款待我,这使我不能不认为他是有所用心的。上床前,我抽着烟斗,脑子里反复思索着罗伊请我吃午饭的各种可能的原因。也许是一个很钦佩他的什么女士缠住他要他介绍与我结识,或是一位美国编辑在伦敦停留几天,希望通过罗伊与我接触。不过我又不能委屈我这位老朋友,把他设想成是一个对这种情况束手无策的人。另外,他既留话说要我挑选一个适当的日子,看来不大像是要我去和别的什么人会晤。

没有一个小说家能像罗伊那样对一个被人交口称赞的同行表现出如此真心实意的热忱,但是当这个作者由于懒散、失败或者另外一个什么人的成功而声誉有损时,也没有一个同行能像罗伊那样真心实意地把他立刻屏弃。一个作家总会有顺境和逆境。而我完全意识到,我当时并没有受到公众的重视。很显然,我很可以找到一个不会使罗伊难堪的借口来谢绝他的邀请,不过他是那种事必干成的人,如果他由于自己的某个目的决意要与我会晤,那么我只有用"滚你的蛋"这类话才能改变他的决定;然而,我为好奇心所驱使,此外,我对罗伊也怀有一定程度的好感。

我曾以钦佩的目光注视罗伊在文化界的崛起。他的成就很可以成为任何一个追求文学事业的年轻人的典范。在我的同辈中,我还想不出另外一个人像罗伊那样缺才少能但却取得了相当的地位。他似乎吃了什么灵丹妙药,也许就是聪明人每天要在麦片粥上撒一点的皮迈克斯[1],可是罗伊却每次吃一大汤匙。罗伊心里完全清楚自己的意外成就。有时他可能会觉得几乎是个奇迹,自己竟然凭这点本事已经写了三十部作品。我不禁猜想,当罗伊第一次读到托马斯·卡莱尔[2]在某次宴会后的演讲中说天才来自无穷尽的含辛茹苦时,他看到了启示之光。他大概陷入了沉思。如果事实确实如此简单,他在思索之后定然对自己说过,他也能和别人一样成为天才;后来当一家妇女报纸的一个情绪激动的评论员真的用"天才"这个词（近来，评论家们相当频繁地使用这个词）来报道他的作品时，他一定满意地吁一口长气，就像一个人花了长时间的周折终于完成了一组字谜一样。凡是多年来一直注视着罗伊那种不辞辛劳的勤奋精神的人都不能不承认他是够得上一个天才的称号的。

罗伊在开创事业时具有一定的有利条件。他是家里的独子，他的父亲是个文官，曾在香港任辅政司多年，最后出任牙买加总督。如果你翻开《名人词典》，在密密麻麻的字行中寻找阿尔罗伊·基尔的名字，你会找到这样的条文："高级圣迈克尔和乔治勋爵士，皇家高级维多利亚勋爵士雷蒙德·基尔爵士之独生子，其母埃米莉为已故印度军队陆军少将珀西·坎珀当之幼女。"罗伊在温切斯特的牛津大学新学院受教育。他是学生会的主席，如果不是因为不幸得了麻疹，他很可能成为学校船赛选手。他的学习成绩并不耀眼但仍属优良，在他离开大学时未欠下一分债务。罗伊早在当时就养成了节俭的习惯，他不愿做任何无所收益的花费。他还是个好儿子。他知道他的父母做出了自我牺牲才使他能受到这样费用昂贵的教育。罗伊的父亲退休之后住在格洛斯特郡附近斯特劳德的一所既不奢华但也并不简陋的住宅中。他每过一段时间都要来伦敦参加一些与他过去曾管理过的殖民地有关的官方宴会，在伦敦期间他总要去拜访雅典娜文艺协会，他是该会的成员。后来当罗伊从牛津学成归来时，他的父亲正是通过这个协会里一位老友的关系，才使罗伊当上了一位贵族儿子的家庭教师。这位贵族地位显赫，只有一个体质虚弱的独子。罗伊的这个职务使他在年轻时代就有机会接触显贵人物。他充分利用了自己的机缘。有些作家写社会上层时由于他们仅仅是通过那些附有画页的报纸去研究这个阶层，因而他们描述中的失误往往损坏了他们的作品。而在罗伊的作品中，你永远找不到这类失误。他对公爵之间彼此怎样交谈知道得一清二楚，也知道不同身份的人，例如一位议员、一位大法官、一位书商和一位听差各自应当怎样同一位公爵讲话。他在早期作品中用以描写总督、大使、总理、贵族和贵夫人们的那种意气昂扬的笔调很有魅力。他笔下的这些人物待人友好而不自傲，亲切而不失礼。他并不使你忘记这些人物的身份，然而却使你愉快地共同感受到他们和你、我一样都是有血有肉的。我经常觉得遗憾的是由于潮流的发展，贵族们的生活已经不再是正统小说作品最合适的主题，而罗伊又对时代的趋向极其敏感，因此在他后来的小说中他把自己的作品主题转为描写律师、会计师和掮客这类人物的精神冲突，他在刻画这些人物时失去了他过去描写贵族时那种挥洒自如的劲儿了。

我最初结识罗伊是在他辞去家庭教师职务、用全部时间从事文学写作之后不久。那时他是个很神气的年轻人，脱掉鞋身高六英尺，有着运动员的体格，宽宽的肩膀，充满自信的气派。罗伊并不英俊，但却具有一种悦目的男子气，他有一双大大的蓝眼睛，浅棕色的鬈发；大而稍短的鼻子以及方方正正的下颌。他看上去诚实、整洁、健康，多少有些运动员的气质。凡是在罗伊早期作品中读到过他关于携犬出猎的生动、准确的描绘的人们都深信他是根据切身的经验写下这些场面的；一直到不久之前，他有时还愿意暂时放下笔去打一天猎。在他出版他的第一部小说时，文化界的人士为了显示他们的男子气概，都流行喝啤酒，打板球。那时有好几年，罗伊的名字几乎出现在每一个文化界板球队的名单中。我不知道是什么原因使这一流派的作家后来失去了他们当年的英姿，他们的作品不再受到重视；虽然他们仍然还是板球手，但他们的文章却难以找到地方发表。罗伊在好多年前就停止打板球了，转而对波尔多红葡萄酒产生了雅兴。

　　罗伊对他自己的处女作总是持谦逊的态度。这部作品不长，笔法简洁，而且像他后来所写的每一本书一样，格调风雅。罗伊在该书出版后给每一位当时的著名作家都送上一本，并附一封措辞漂亮的信。他在信中对每个收信者说他是如何钦佩对方的作品，他通过学习这些作品有了多少收益，以及虽然他感到自己望尘莫及，却仍然如何热切地把这位收信人视为指路明灯。他把自己的作品奉献在一位伟大的艺术家的面前，作为一个刚刚踏入文坛的年轻人对一位他永远视为师长的人的献礼。他完全知道要求一位这样忙碌的名家为他这初出茅庐的人的一本微不足道的作品去浪费时间是多么的不自量力，但他请求对方原谅他的冒昧，并能在百忙中对他的作品加以批评指教。收到他的书和信的作家们都对他的奉承感到高兴，一般都写了相当长的回信，很少敷衍塞责的。他们赞扬他的作品，其中不少人请他去共进午餐。他们都喜欢罗伊的坦率并为他的热情所感动。他总是以一种十分感人的谦卑态度征询他们的意见，并且诚心诚意地表示一定按照他们的意见去做，他的这种诚意总是给对方很好的印象，使他们觉得这是一个值得花点工夫给予帮助的人。

罗伊的处女作取得了相当的成功，这使他结识了许多文化界的朋友。那之后不久，当你到文化人经常出入的布卢姆斯伯里、坎普登山或者威斯敏斯特等地出席茶会时，都会在那里见到罗伊，他或是在忙着向客人们递送黄油、面包，或者在为手持空杯而难堪的一位老夫人添茶加水。他那样年轻，那样坦率，那样兴高采烈，别人讲个笑话，他就放声大笑，这一切使得所有人都不能不喜欢他。他参加各种聚餐，和文化界人士、年轻的律师们以及穿着利伯提3的丝绸衫、戴着珠子串首饰的女士们一起在维多利亚街或是霍尔本的某个旅馆的地下室里吃着三先令六便士一份的客饭，谈论文化和艺术。很快，人们发现他具有一种餐后即兴演讲的才能。罗伊的举止如此讨人喜欢，以致无论是他的同行、他的对手和同时代的人都对他十分谅解，甚至不在乎他的绅士派头。他对他们的初出茅庐的作品都慷慨地给予夸奖，当他们把手稿送去请他批评指正时，他总是说没有任何不当之处。因而这些人不仅认为罗伊为人很好，而且把他看作是个公正的裁判。

罗伊写了第二本小说。他花费了极大的精力，他从同行前辈们给他的建议中得益不少。理所当然地，好几位老作家应他的请求为报纸写了他这部作品的书评，而这家报纸的编辑又早已与罗伊认识，因而自然地这些评论都是对他新作的褒扬。他的第二部作品是成功的，但并没有好到足以引起他的竞争者疑虑的地步。实际上，这部作品使这些人肯定了他们的猜疑，罗伊永远不会做出轰动全城的事情来。罗伊是个蛮不错的家伙；他不拉帮结伙，不搞这类活动，既然他是个不可能攀登到对他们自己会形成障碍的高度，那么他们倒也愿意助他一臂之力。我知道他们中的某些人现在回想他们当初所犯的这个错误时，只得苦笑一声。

但是，如果有人说罗伊头脑膨胀了，那是完全错误的。罗伊从来没有丧失他年轻时那种讨人喜欢的谦逊的特征。

"我知道我不是个大作家，"他会这样对你说，"当我把自己和那些文学巨匠相比时，我觉得自己根本不存在。过去，我还总想有一天我会写出一本真正的巨著，现在我早已断了这个念头，连希望都没有了。我只盼人们说我是尽自己所能了。工作我倒是真正干的。我从不允许自己的作品有任何疏漏。我觉得自己还可以构思一个好故事，并且塑造一些使人觉得真实的人物。不管怎么说，布丁味道的好坏，尝一尝就知道了。我的《针眼》在英国销售三万五千册，在美国是八万册，我下一部小说的连载权的合同是到目前为止我所签的条件最为优越的一个。"

如果不是谦逊还能是什么样的美德会使罗伊直至今日还给写他作品书评的作者写信，感谢他们对他的赞扬并邀请他们共进午餐呢？还有，当有人对他的作品写了一篇尖刻的批评，而罗伊不得不容忍一些恶毒的诽谤时,特别在他已经负有盛名之后,他不像我们大多数人那样,耸耸肩膀,心里暗自把这个不喜欢我们作品的恶棍咒骂一顿,然后就把这事抛在脑后了;罗伊碰到这种事情时,都要给这个批评者写封长信,信中说他非常遗憾对方不喜欢他的作品,然而书评本身写得非常有趣,而且,他不揣冒昧地说,这篇文章表现了作者高度的批评水平和文字修养,因而他感到必须给他写这封信。没有任何人比他更为迫切地渴望有所进益,他希望自己还是个能够学习改进的人。他实在不愿使对方厌烦,但他仍想问一问如果对方在星期三或星期五有空的话是否可应他之邀和他一起在萨沃伊吃午饭,届时他将聆听对方谈谈究竟为什么他觉得他的作品这样低劣。当对方应邀前来吃饭时,没有谁能比罗伊叫一桌更丰盛的午餐,一般来说,当这位批评家吃下半打生蚝和一块小羊的里脊肉时,他同时也把自己说过的话吞下肚去了。因而当罗伊发表下一本小说时,这位评论家认为这个新作品有了极大改进,这当然是很理想的以恩报恩的结果。

在一个人的一生中往往会碰到一种很难处理的情况,有些人他曾一度与之过往甚密,但他们对他的兴趣在一段时间之后逐渐淡漠了,这时他往往不知该怎么办。如果双方的地位和处境都很平常,这种关系的中断往往很自然,互相间并不会滋长恶感;然而如果一方有了显赫的地位,那么这种局面就很难堪。地位显赫的一方结交了大量的新朋友,然而这些老朋友却毫不退让;他的时间有限,有千百件事要干,而这些老朋友却认为他首先应当考虑他们的要求。除非他听从他们的摆布，否则这些老朋友会叹口气，耸耸肩，然后说：

"唉！我看你和别人一样。现在你是名人，我这个朋友应该快要被你扔掉了。"

如果他有勇气的话，他当然是乐意扔掉这些老朋友的，但在大多数情况下，他没有这种勇气。他顺从地接受了他们星期天晚餐的邀请。晚餐吃的烤牛肉冷盘是从澳大利亚进口的冻肉，而且在中午的时候就已做好，烤得还太老；还有勃艮第红葡萄酒——哎，为什么叫勃艮第呢？他们难道从来没有去过博纳，没有住过波斯特酒店？当然，老朋友碰在一起，谈谈从前在一个小阁楼上分享一小块面包时的情景是很有趣的，不过当你想到你现在所在的这间房间离小阁楼很近的时候，你会感到有点难堪。当你的朋友对你说他的作品销路很不好，他无法发表他的短篇小说，剧团的经理连读一读他的剧本都不愿意时，当他把他的剧本和现在正在上演的那些东西（这里，他用一种指责的眼光盯住你）相比时，你真是感到如坐针毡。你很尴尬，只好把眼光移开。你夸大其词地讲述你自己曾遭到的失败，以使他看到你在生活中也曾经历过艰辛。你尽一切可能诋毁自己的作品，但使你感到惊讶的是，你的主人对你的作品的评价竟然和你自己的诋毁是一样的。你讲到公众舆论的反复无常，想使他感到你的盛誉也不会持久因而有所安慰。他是个友好而严厉的批评家。

"我没有看过你最近出版的那本书，"他说，"不过我看了上一本,书名叫什么我已经忘记了。"

你把书名告诉了他。

"我对你那本书相当失望。我觉得它不如你写的另一些作品。当然你晓得我最喜欢的是哪一本。"

因为你曾在别人那里受到过同样这类摆弄,因此你赶忙回答说他所喜欢的是你所写的第一本书:你当时只有二十岁,那本书写得很粗糙,很不成熟,在全书的每一页上都可以找到你缺少经验的痕迹。

"你再也写不出这样好的作品了,"他恳切地说,这时你感觉自从那最初的一次偶然成功之后,你一生的事业就一落千丈了,"我常常想,你从来没有真正实现你当时所显露的才华。"

煤气炉烤着你的双脚,而你的双手却是冰凉的。你偷偷看了一下你腕子上的手表,心里在嘀咕不知你那老朋友会不会因为你在十点钟告辞而生气。你事前关照司机把车停在拐角处,以免华丽的车子停在他门外,衬托出他的贫困,但是到了门口,他却说:

"走完这条街就是汽车站。我陪你走过去。"

你惊慌失措,只好承认你有一辆车。他觉得很奇怪你的司机为什么要在拐角那里等你。你回答说这是他的怪脾气。当你走到车前时,你的朋友以一种宽宏大量和高高在上的目光看看你的车。你心情紧张地请他哪一天和你一起吃饭,你对他说你一定会给他写信的。你一路上坐在车里一直在想,假如你请他在克拉里奇饭店吃饭,他会不会觉得你是故意炫耀;而如果你请他在苏豪区吃饭,他又会不会说你吝啬。

阿尔罗伊·基尔却丝毫没有这种烦恼。他从别人身上捞到了最大的好处之后就果断地把他们抛弃掉。这话听起来有些刻薄,但是,要想出委婉一些的说法太费时间,而且还需要换用含蓄的暗示,吞吞吐吐的语言,开玩笑式的或文雅的隐喻;事既如此,他想还是就这样明说的好。我们大多数人在对别人使用了什么卑劣的手段之后总是对那个人心怀怨恨,但是罗伊却不是这样。他的心总是想着正事,永远不会被这种琐事干扰。他可以在对某人玩弄了很卑鄙的把戏后丝毫不对他抱任何恶感。

"唉!史密斯这老伙计,"他会这样说,"他是很可爱的;我很喜欢他。真遗憾他那样怨气冲天。我真希望谁能帮帮他忙。不,我有好几年没见到他了。和老朋友们一直保持联系没有多大好处,会双方都很不愉快。总而言之,一个人总是慢慢和周围的人脱离了,唯一的办法是面对这个现实。"

然而,如果有一天罗伊在例如皇家学院的一次什么聚会上碰上了史密斯,他会比其他任何人更加亲切地对待他。他会紧紧地握住史密斯的手,对他说他见到他有多么高兴。他会笑容可掬、娓娓动听地讲着老朋友的情谊,犹如仁慈的太阳在散发着光芒。史密斯会深为罗伊的这种感人的气概所打动,而罗伊竟能如此高风格地说如果他的下一本书能有史密斯上一部作品一半那样好,他就算是开始入门了。但另一方面,如果罗伊认为史密斯没有看见他,他就会把眼光转到一边装作没有看见;但是史密斯其实是看见他了,而且对于罗伊不理睬他很不满意。史密斯非常生气。他说过去罗伊曾经高高兴兴地和他一起在一个蹩脚的饭店分吃过一块牛排,和他一起在圣艾夫斯一个渔民的小屋中度过一个月的假期。史密斯说罗伊是个趋炎附势之徒,是个势利鬼。他说罗伊是个骗子。

在这点上,史密斯弄错了。因为阿尔罗伊·基尔最鲜明的特点是他的诚挚。没有一个骗子可以行骗二十五年之久。虚伪是一个人所能寻求的最困难和最使人神经紧张的一种恶习;它需要永不间断的警觉和精神的高度集中。它不像私通或是贪食,可以在空闲的时间进行;虚伪是要付出全部时间来从事的工作。它还需要具备一种玩世不恭的幽默;虽然罗伊经常笑声不断,但我从不认为他富有幽默感,而且我敢断定他也学不会玩世不恭。虽然我很少读完罗伊的小说,不过很多本他的小说的开头我都读过,我的感觉是,在这些作品的众多的页数上,几乎每一页都刻上了作者的诚挚的特性。这显然是罗伊的名声经久不衰的一个主要根源。罗伊总是真心诚意地相信当时社会上每个人所信仰的观念。当他以贵族阶层作为他作品的主题时,他真诚地相信这个阶层的成员都是游手好闲、道德败坏的,然而他们却具有某种高贵的品质和天赋的才能,适合于统治大英帝国;后来当他转而描写中产阶级时,他又真诚地相信这个阶级是国家的栋梁。他笔下的反面人物总是那样邪恶,他笔下的主角总是那样崇高,而他所刻画的少女又总是那样贞洁。

当罗伊邀请一位写了赞扬他的评论的作者吃饭时,这是为了要对他的美好评论表示他衷心的感激;而当他邀请一位写了批评他作品的作家吃饭时，这是因为他真心实意地渴望自己的作品能有所提高。当一些钦佩他的但素不相识的读者从得克萨斯或澳大利亚西部来到伦敦时，罗伊带他们参观国家画廊，这不仅是为了形成他的一个读者圈子，而且是因为他热切地想观察他们对艺术的反应。只要你听一次罗伊的演讲，你就会对他的真诚深信不疑。

当他站在讲台上，风度翩翩地穿着晚礼服，或者由于场合的需要，穿一身很旧但却剪裁十分合身的宽大的日常西装面对听众时，他那严肃、坦率但又带着一种动人的羞怯的神情使你不能不承认他是十分认真地以他的全部身心投入了目前他面临的这一任务。虽然他不时地假装搜索一个用词，但那只是为了当他说出这个字的时候，效果更好。他的声音洪亮，富有男子气。他善于讲故事。他的讲话从来不会枯燥无味。他喜欢以英、美青年作家为题做演讲，他热情地向听众讲述这些作家的优点，这就更加证实了他的豁达大度。也许，他讲得太多了点，因为当你听完他的演讲时，你觉得你已经了解了所有你想知道的这些作家的情况，已经没有什么必要再去读他们的作品了。我猜想，正因为如此，罗伊在一些外省城镇做这类演讲后，他所谈到的作家所写的书竟一本都卖不出去，而人们却争相购买罗伊的作品。他的精力是惊人的。他不仅在美国进行了成功的讲学，而且还周游大英帝国做演讲。罗伊接受所有对他的邀请，从不会认为哪一个俱乐部规模太小，哪一个自学团体太无重要性而拒绝为它花上一个小时。他每隔一些时间就把自己的这些讲演修改一遍，然后汇编成简洁的小册子出版。大多数对此有兴趣的人都至少浏览过题为《现代小说家》《俄罗斯小说》以及《一些作家的评介》之类的作品，而很少有人能否认这些作品展示了作者对文学的真实情感以及他个人动人的性格。

但是，罗伊的活动远远不止于此。他积极参加那些为增进作家们的利益或在他们由于疾病或年老而遭受贫困的厄运时给予援助的组织的活动。每当出了什么涉及法律的版权问题，罗伊总是乐意协助解决；每当有项任务要到国外跑一趟以建立各国作家间的友好关系时，罗伊总是随时准备参加。在公众宴会的场合，总可以指望他来回答文学方面的咨询，每当为一位外国来访的文学界名流组织一个欢迎委员会时，名单上总会有罗伊的名字。每一次义卖场合至少会有一本罗伊亲笔签名的作品。他从不拒绝记者采访他的要求。他很公道地说没有谁比他更了解写作这个行业的艰难，所以如果他只需进行一次愉快的谈话就能帮助一个挣扎中的记者赚几块钱，那他怎么能够无情地拒绝他呢。他一般都邀请采访他的人与他共进午餐，很少不给对方留下良好的印象。他的唯一条件是文章发表前要先送给他看一遍。有些人为了满足报纸读者的要求常常在很不恰当的时间给知名人士打电话询问他们是否相信上帝，或者他们早餐吃些什么，而每当罗伊接到这类电话时，他却总是耐心回答对方的问题。他在各种讨论会上总是头面人物，所以公众很清楚他对诸如禁酒、素食主义、爵士音乐、食蒜、运动、婚姻、政府以及妇女在家庭中的地位等等一系列问题上的观点。

他在婚姻问题上的观点是抽象的，许多艺术家们都很难协调婚姻和他们对事业的热切追求这两件事，而罗伊却成功地避开了这种矛盾。大家都知道他多年来对一位已婚的有地位的夫人的单相思。虽然他从来都以敬重的口吻谈到她，但大家都知道这位夫人对他很不好。他的中期小说中那种莫名的怨气反映了他所遭受的折磨。他那时经历的精神痛苦使他能够既不得罪对方却又回避了那些名声不佳的女士们对他的追求。这些妇女是些狂热圈子中的人戴腻了的装饰品，她们乐于以一种飘摇不定的混日子生涯来换取与一位成功的小说家结婚所带来的有保障的生活。当他从这些女士明亮的眼睛中看到结婚登记处的影子时，他会立即告诉她们他对自己唯一的一次苦恋记忆太深，这使他永远不可能和任何人结成永久的伴侣。他这种狂热、愚蠢的忠诚往往会激怒这些女士们，但却并不会使她们感觉受到侮辱。有时，他也会轻轻叹一口气，惋惜自己永远得不到家庭生活的乐趣，也享受不到做父亲的满足；但这是他准备做出的牺牲，不仅是为了他自己的理想，而且也是为了可能与他分享欢乐的伴侣。他经常注意到人们其实并不愿意和那些作家以及画家的妻子周旋。如果一个艺术家不管到哪里都坚持要携带他的妻子，那往往只会使他自己也成了一个使人讨厌的人物，结果他往往很想参加某个活动，却得不到邀请；而如果他把妻子留在家里，那么在他回到家里时，又会陷入责骂与争吵，他为了把心灵深处最优美的情感创作出来，最最需要的是宁静，而这种争吵必然会彻底破坏他的宁静。阿尔罗伊·基尔是个单身汉,现在他已年满五十,看来一辈子都将是个单身汉了。

他可以说是一个榜样,这个榜样表现了一个作家可能做到的一切,以及一个作家通过勤奋、卓识、诚实和手段与目的的有效结合可能达到的高度。他是个好人,除了那种固执已见、吹毛求疵的人,谁都会认为他的成功是理所当然的。我觉得,上床后带着他的形象进入梦乡,我一定能睡一夜好觉。我草草地给费洛斯小姐写了一个便条,磕去烟斗中的烟灰,关掉客厅中的电灯,就上床睡觉去了。

1　皮迈克斯(Bemax):一种麦芽制成的食品,通常稍撒一点在麦片粥或玉米片粥上食用。
2　托马斯·卡莱尔(Thomas Carlyle 1795—1881):英国评论家、历史学家、哲学家。
3　利伯提(Liberty):英国伦敦知名服装品牌。

Chapter
< 2 >

第二章

第二天早上，当我打铃要我的信件和报纸时，房东费洛斯小姐给我送来一张便条，这是答复我给她留的条子的，说阿尔罗伊·基尔先生将于当天中午一点一刻在圣詹姆斯大街他的俱乐部恭候我。因此，在将近一点钟时，我先漫步到我自己的俱乐部喝了一杯鸡尾酒，我相当肯定，罗伊是不会请我喝鸡尾酒的，然后，我沿着圣詹姆斯大街走着，随便看看路旁的橱窗，由于还有几分钟可以消磨（我不打算太准时赴约），我便走进了克里斯蒂拍卖行看看有什么看得上的东西。拍卖已经开始了，好几个皮肤黝黑、个子不高的人正在传看一些维多利亚时代的银器，那个主持拍卖的人用厌倦的目光看着他们伸指示意，懒洋洋地嘟囔着："有人出十个先令，十一个，十一个先令六便士……"这是六月初的一天，天气晴朗，英皇大道的空气非常清新。相形之下，克里斯蒂拍卖行墙上悬挂的那些画显得那样昏暗。我走出了拍卖行。街上的行人都带着一种悠闲的神情，似乎这令人心旷神怡的天气渗入了他们的心灵，使他们在各自繁忙的事务中，自己也不知道为什么突然地想停下来欣赏一下生活的图景。

罗伊的俱乐部很安静。前厅里只有一个年事极高的看门人和一个侍者；我突然产生一种忧伤的感觉，似乎这里的人都在参加侍者领班的葬礼。当我说了罗伊的名字后,门口那个侍者领我到一个空荡荡的过道中存放我的帽子和手杖,然后又领我到一个空荡荡的大厅里,大厅的四壁悬挂着真人一样大小的维多利亚时代政治家们的肖像。罗伊从一个皮沙发里站起来,热情地和我打招呼。

"我们直接上楼,好吗?"他说。

我果然猜对了,他不会请我喝鸡尾酒,因此心里暗暗对自己的考虑周到很得意。他带我走上一个铺着厚地毯的华丽的楼梯,一路上一个人也没碰见;我们走进来宾用餐的餐厅,那里面一个另外的客人都没有。餐厅相当宽敞,也非常干净,四壁雪白,有一扇亚当式的窗户。我们在窗前的座位上坐下,一个举止端庄的侍者送上一张菜单。牛肉、羊肉、羔羊肉、冷鲑鱼、苹果挞、大黄挞、鹅莓挞。当我顺着这张千篇一律的菜单往下看时,不禁叹了口气,我想到了就在这条马路拐角处的那家饭店,那里有法国式的烹调、喧闹的生活气息和那些穿着夏日衣裙的涂脂抹粉的女人。

"我推荐这里的小牛肉火腿派。"罗伊说。

"好吧。"

"我自己来拌色拉。"他用随便的然而却带有命令式的口气对侍者说。然后,他又把目光移到菜单上,慷慨地说:"吃完派再来点龙须菜,怎么样?"

"那太好了。"

他的举止这时变得越发神气了一些。

"两份龙须菜,告诉厨师长,叫他亲自选料。你喜欢喝点什么?来一瓶德国白葡萄酒,怎么样?我们对这里的这种酒都很喜欢。"

我表示同意,罗伊又吩咐侍者把酒类总管找来。我在一旁不禁对罗伊点菜时这种发号施令但又十分客气的气派十分钦佩。你会感到一个有教养的国王就是用这种气派召见他的大元帅的。酒类总管穿着笔挺的黑制服,脖子上挂着说明他职务的银链条,拿着酒单匆匆地跑了过来。罗伊随便地朝他点了点头。

"嗨,阿姆斯特朗,给我们来点21年的圣母之乳1。"

"好的,先生。"

"存酒还多吗?还不少吧?你知道,以后恐怕弄不到了。"

"是的,恐怕弄不到了,先生。"

"不过,也不必杞人忧天,是吗,阿姆斯特朗?"

罗伊朝着这个总管亲切又俏皮地笑着。总管从他和这些俱乐部成员长期打交道中知道他需要说点什么回答这句话。

"是的,用不着,先生。"

罗伊笑了,眼睛朝我看着。这个阿姆斯特朗,真是个角色。

"好吧,把酒冰镇一下,阿姆斯特朗,不过不要太凉,要正好。我要请我们的客人看看咱们这里办事都是恰到好处的。"说完,他又转向了我。"阿姆斯特朗在我们这里已经四十八年了。"等到总管走开之后,他说,"我请你到这里吃饭,希望你不介意。这里很安静,便于好好谈话。我们好久没有好好谈谈了。你看上去身体不错。"

这句话使我也注意起罗伊的外表了。

"比起你来，差多了。"我回答。

"这是我正正经经、没有邪念、虔诚生活的结果，"他大笑着说，"工作很忙，运动也很多。还打高尔夫球吗？最近我们应该打一场。"

我知道罗伊说的是临时编出来的应酬话，浪费一天的时间和我这种打不打无所谓的伙伴打球，对他是最没意思的事。所以接受他这种不明确的邀请是肯定不会兑现的。他真是健康的象征。他的卷发已经十分灰白了，但这种颜色对他很相称，使他那坦率的、被太阳晒黑的脸庞显得年轻了。他的眼睛清澈、明亮，对人诚挚。他比年轻时略胖了一些，所以当侍者端给我们奶油卷时，他改要黑麦面包。不过他虽稍胖却反而增加了尊严的气派，这使他的各种评论更增加分量。他的举止比过去更显得从容，这使你对他产生一种信任感；他坐下来的时候，那样稳重敦实，使你几乎觉得他是坐在一座纪念碑上。

在我刚才叙述他同侍者的那段对话时，我希望读者得出的印象是，他的谈话一般来说并不总是那么才华横溢或机智俏皮，但是却很流畅，另外他总是笑声不断，使你有时候有个错觉，觉得他说的话很风趣。他永远不会找不到话说，他和别人谈论当前的一些问题时，那样从容不迫，使听他话的人从不会感到紧张。

很多作家都有个坏毛病，他们过分注意辞藻，就是在日常谈话中他们也过于推敲用词。他们自己没有意识到他们的每句话都经过斟酌,在说明自己的意思时往往既不多说一句,也不少说一字。这种习惯使很多上层社会的人与他们交往时对他们望而生畏,这些上层人物由于精神生活的单调,词汇有限,因而他们在选择社交对象时自然也要考虑再三。然而与罗伊在一起,却从不会感到这种拘束。他可以用对方完全能理解的语言和一个爱跳舞的近卫军军官说话,也可以同一个参加赛马的伯爵夫人用她的马夫的口吻来谈话。这些人每谈到罗伊时总是热情洋溢、轻松愉快地说他一点都不像个作家。罗伊最乐意听这类赞扬。聪明人总是用一些现成的短语(眼下例如"不关别人的事"就是最普遍的一个),最流行的形容词(如"神了;太棒了"或是"叫人脸红的事儿")以及只有生活在那个圈子里你才懂得的一些动词(如"dunch"2),用这些词汇讲话往往使那东家长西家短的闲聊特别亲切,而且你还不必动脑筋。美国人是世界上效率最高的人,他们把这种谈话技术发展到了一个十全十美的阶段,创造出一大堆简洁、平庸的辞藻以至于他们根本不必考虑嘴里在说些什么就可以进行一场生动有趣的谈话,而他们的脑子就可以用来自由思考他们的生意经或者与情人私通这类更为重要的事情。罗伊的词汇是极其丰富的,他当机立断的选词总是准确无误的;这些词汇恰如其分地为他的讲演增添色彩,而且每当他用这些词时总是精神焕发,口气真切,使人觉得这些话都是从他才华横溢的头脑中刚刚创造出来的。

现在,罗伊同我一起边吃边谈,他谈这谈那,谈我们都认识的朋友和最近出版的书,谈上演的歌剧。他说说笑笑,情绪很高。他总是对人很亲切的,但今天他这种亲切姿态实在令我惊讶。他抱怨说我们两人见面机会太少了,他用他固有的那种使人愉快的坦率对我说他多么喜欢我,以及他如何高度评价我。我觉得我不能不迎合他的这番情谊。他问起我正在写的书,我也就问问他正在写的书。我们互相都说对方的作品没有得到它理应享有的成就。我们吃下了小牛肉火腿馅饼,罗伊告诉我他怎样调拌色拉。我们喝着德国白葡萄酒,赞赏地咂着嘴唇。

而我却一直在想他什么时候会谈到正题。

我无法相信在这伦敦社交活动最繁忙的季节,阿尔罗伊·基尔只是为了想谈论马蒂斯[3]的作品、俄国芭蕾,或是马塞尔·普鲁斯特[4]这些题目而愿意在一个既非评论家、又不是在任何方面有什么势力的同行作家身上白白浪费一个小时。此外,在罗伊谈笑风生的背后,我好像感到他有点心神不定。要不是我知道他现在家境富裕,我真会怀疑他要开口问我借一百英镑。看起来好像这顿午餐就要结束,而他却一直没有找到机会说出他想要说的话。我知道他这个人做事很小心。也许他觉得我们两人这长时间没见面,第一次见面最好先建立一个友好关系,因而准备把这顿丰盛的、气氛愉快的午餐看作只不过是个引鱼上钩的水底诱饵。

"我们到隔壁去喝咖啡,好吗?"他说。

"随你便。"

"我觉得那儿要舒服些。"

我跟他走进了另一个房间,那里比餐厅宽敞多了,有一些很大的皮扶手椅和很大的沙发;桌上放着些报纸和杂志。两个老年人坐在角落里低声谈话。他们很不友好地看了我们一眼,不过这并不妨碍罗伊依然亲切地向他们打招呼。

"嗨,将军。"他高高兴兴地点点头叫道。

我在窗前站了一会儿,欣赏这晴朗明快的天气,真希望多知道一些这条圣詹姆斯大街的历史背景。我有点不好意思,我竟连马路对面那家俱乐部的名字也不知道,我没敢问罗伊,怕他因为我对每个有身份的人都知道的事一无所知而看不起我。他把我叫回去,问我要不要在喝咖啡时也喝杯白兰地,当我谢绝之后,他却坚持要我喝上一杯。他说这个俱乐部的白兰地是有名的。我们在一个很典雅的壁炉前并肩坐在沙发里,点燃了香烟。

"爱德华·德里菲尔德最后一次到伦敦来时,他和我就是来这里吃午饭的。"罗伊随便地说道,"我一定要他老人家尝尝这里的白兰地,他喝了很高兴。上个周末我就是在他的夫人那里度过的。"

"是吗?"

"她多次问候你。"

"多谢她。我以为她不记得我了。"

"不,她记得你。你大约六年前在她家吃过饭,是吗?她说那次老头儿看见你很高兴。"

"不过我想她可并不高兴。"

"啊呀，那你可错了。当然啰，她必须要很小心，因为要去看老头儿的人实在太多了，她必须节制他的精力。她总怕他活动太多。你想想她竟然使老头活到了八十四岁而且智力不衰，这是很了不起的。老头儿逝世后，我常去看她。她非常孤单。不管怎么说，她全心全意地侍候德里菲尔德整整二十五年。真是奥赛罗[5]的生涯。我真替她感到难过。"

"她年纪还不算太大。我敢说她会再结婚的。"

"噢，不，她不会的。那样的话就太糟了。"

谈话稍停了一下，我们品尝着自己的白兰地。

"极少几个现在还活着的人了解成名之前的德里菲尔德，你恐怕是其中的一个。你曾有一段时间和他来往很多，是吗？"

"有点来往。那时候我几乎还是个小男孩，而他已经是个中年人了。你知道我们并不是知己。"

"可能不是。不过你一定知道不少别人不知道的关于他的事情。"

"大概是的。"

"你有没有什么打算要写一些关于他的回忆？"

"上帝！我可没有。"

"你不觉得你应当写吗？他是我们这个时代最杰出的小说家之一，也是维多利亚时代小说家的最后一人。他是个很了不起的人物。他的小说完全可以像过去一百年里所写就的任何一本小说一样成为经典作品留存下去。"

"不见得吧。我总觉得他的小说很枯燥。"

罗伊看着我，目光中似乎闪烁着笑声。

"真是典型的你的口气！不管怎么说，你得承认有你这种看法的是少数。坦白地说，我看他的小说不止一两遍，而是六七遍，而每看一遍都觉得他的作品更好了。你有没有读过他逝世时评论他的那些文章？"

"看过一些。"

"舆论那样一致，真是惊人的。我每一篇都读了。"

"要是他们都说同样的话，那不是大可不必了吗？"

罗伊友好地耸耸他那宽实的双肩，没有回答我的问题。

"我觉得《泰晤士报》文艺副刊的那篇文章非常精彩。老头儿自己要是能读到，对他是很有益的。我听说《季刊》下一期也要登一篇。"

"我还是认为他的小说很枯燥。"

他带着宽容的神情微笑着。

"你的看法和所有有分量的评论家的看法都不一致，你不觉得有点不安吗？"

"没什么特别的不安。我写书三十五年了，你想象不到我看过多少人曾被称为天才，享受了一瞬间的荣耀，然后无声无息地消失了。我不知道这些人后来怎么样了，死了呢还是被关进疯人院了，还是埋在办公室里了。我也不知道他们是不是跑到了什么偏僻的村庄去，在那里偷偷摸摸地把自己的作品借给那些乡村医生和老姑娘们看。我不知道他们现在是不是仍是某个意大利公寓中的大人物。"

"噢，当然，这些都是昙花一现的人物。我知道这些人。"

"你还以这些人为题发表过演讲。"

"这是不能不做的，只要可能，应当帮这些人一点忙，其实谁都知道他们不会有什么了不起的成就。管他的，反正一个人总应当对人慷慨一点。不过，不管怎样说，德里菲尔德和这一类人是完全不同的。他的选集共三十七册，最近在苏富比拍卖行出售的那一套卖七十八英镑。这本身就说明问题了。他的书的销售量每年稳步增加，去年是销售量最多的一年。你可以相信我说的。上次我在德里菲尔德夫人那里时，她给我看了他的书的收入账目。德里菲尔德的地位没问题是已经确定了的。"

"谁能肯定？"

"你不是认为你可以吗？"罗伊酸溜溜地回答。

他并未能止住我。我知道我在挑他发火，我暗自感到很高兴。

"我觉得我少年时代的本能判断还是正确的。那时候，人家对我说卡莱尔是个伟大的作家，我很惭愧我觉得他写的《法国大革命》和《衣裳哲学》简直没法读下去。现在还有人能读他的这些作品吗？我原来确实认为别人的意见要比我自己的高明，所以我尽力使自己相信乔治·梅雷迪斯6的作品很了不起。可是我心里却认为他的东西矫揉造作，冗长啰唆，也很不真诚。现在好多人也都这样认为了。那时候，人家对我说你要是钦佩沃尔特·佩特7，这就证明你自己也是个有教养的人，于是我就钦佩沃尔特·佩特。可是，老天爷，他写的《享乐主义者马利乌斯》可把我读得烦死了。"

"噢,是啊,现在大概是没有人读佩特的作品了,梅雷迪斯也已经过时了,卡莱尔的作品的确是装腔作势,空话连篇。"

"你不知道三十年前他们的作品是如何被认为肯定会永垂不朽的。"

"那么,你从来没看错过任何事吗?"

"也有一两次。我过去对纽曼[8]作品的看法远不如现在,而对菲茨杰拉德[9]的读起来琤琤有声的四行诗则比现在的看法要好得多。那时候我对歌德的《威廉·迈斯特》觉得简直读不下去;可是现在我觉得这是他的杰作。"

"那么,有哪些作品是你当时认为很好,而现在仍保留这种看法的呢?"

"这个嘛,例如《项狄传》[10]和《阿梅莉亚》[11],以及《名利场》[12]、《包法利夫人》[13]、《帕尔马修道院》[14]和《安娜·卡列尼娜》[15],还有沃兹沃思[16]、济慈[17]和魏尔伦[18]。"

"我这样说请你别介意,我认为你这些见解并没有什么新颖独到之处。"

"我一点也不介意。我的看法的确没有什么新奇之处。不过因为你问我为什么相信自己的判断,所以我试图向你解释从前我或是出于自卑胆怯,或是为了尊重当时有教养的人们的意见,我说过一些赞扬某些作者的话,而实际上我却并不真正钦佩某些当时被大家都认为可敬可佩的作家,而后来的发展似乎说明我当时的真实想法是对的。而我从前直觉地、真诚地认为很好的作品倒真是经受了时间的考验,这在我个人方面以及评论界一般的看法方面都是如此。"

罗伊沉默了片刻。他看着自己的杯底,我不知道他是想看看杯中有没有咖啡还是想找点话说。我看了一眼壁炉上的钟。过一会儿我就可以很合时宜地告辞了。也许我猜错了,罗伊请我吃饭只是为了和我随便谈谈莎士比亚和奏乐杯[19]。我暗自责怪自己不该对他有那些刻薄的想法。我关切地看看他。如果这真是他请我吃饭的唯一目的,那他肯定是感到厌倦或者失去信心了。如果他感到沮丧,那可能是因为至少在目前,这世道使他有些受不了。但这时,他注意到了我正在看壁炉上的时钟,他又开口了。

"一个人能够一本接一本书地整整写六十年,而且舆论对他的评论一年胜似一年,我不懂你为什么不承认这样的人一定有点不寻常的地方。不管怎么说,在他的住所费内别墅,一排书架上都陈列着他的作品的翻译本,他的作品被译成所有现代文明国家的文字。当然,我愿意承认许多他写的东西今天看起来有点老式了。他是在一个很困难的时代成名的。另外,他的作品是有冗长的倾向,他的大多数故事情节都是抒情感伤的,但是他的作品中有一个特点你是必须承认的:美。"

"是吗?"我说。

"说来说去,这一点是最关键的,而德里菲尔德作品的每一页上都使人直觉地有美的感受。"

"是吗?"我说。

"我真希望那次他过八十岁生日,我们去给他送一幅他的肖像时,你也在场。那真是个值得纪念的日子。"

"我在报上读到过。"

"那次去的不仅仅是作家,那是一次极有代表性的聚会——科学、政治、工商业、艺术各界以及上流社会的代表们;你是很难看到这么多各界知名人士聚集在布莱克斯特博车站从同一列火车中走下来这种情景的。当首相把勋章授给老人时,那场面实在令人感动。他做了个很动人的讲话。我可以告诉你,那天,好多人的眼睛里都滚动着泪水。"

"德里菲尔德哭了吗?"

"没有,他极其镇静。他和平时一样,显得有点局促不安,但是很平静,仪态大方,对大家这番盛情自然很感激,但是说话多少有点干巴。德里菲尔德夫人怕他太累,所以当我们进餐厅吃午饭时,他留在书房里,她叫人用托盘送了点东西给他吃。在大家喝咖啡的时候,我溜了出来去看看他。我见他正抽着他的烟斗,注视着我们送给他的肖像。我问他觉得画得怎样,他不愿说,只是微微一笑。他问我是不是可以把假牙拿下来,我说不行,代表团一会儿就要进来跟他告别。接着我问他是否觉得这是很美好的一刻,'怪得很,'他说,'真是怪得很。'我想他的感情已经经受不住了。在他的晚年,他吃东西、抽烟都很邋遢——装烟斗的时候总是把烟丝弄一身;这种时候,德里菲尔德夫人不愿意别人看见他,不过她当然并不怕我看见;我替他整理了一下衣服,然后他们大家都进来和他握手告别,我们就都回城里去了。"

我站起身来。

"好吧,我该告辞了。非常高兴今天能见到你。"

"我正要去莱斯特画廊看一个不公开的画展。我认识那儿的人。如果你有兴趣我可以带你进去。"

"谢谢你。他们送了我一张请柬。我现在不想去。"

我们走下楼梯,我拿了帽子。走出门口后我转向皮卡迪利大街,罗伊说:

"我和你一起走到那头。"他赶上我的步子,"你认识他的前妻,是吗?"

"谁的前妻?"

"德里菲尔德的。"

"噢!"我已经把她忘记了,"是的。"

"熟吗?"

"相当熟。"

"我想她这人很糟吧。"

"我没这个印象。"

"她一定出奇地平庸。她是个酒吧间女招待,是吗?"

"是的。"

"我真不懂他究竟为了什么要和她结婚。我一直听说她对他很不忠诚。"

"非常不忠诚。"

"你还记得她长什么样吗?"

"记得,还很清楚,"我微笑着,"她美得很。"

罗伊略略一笑。

"一般人可不是这个印象。"

我没有回答。我们已经走到皮卡迪利大街了,我停下来,把手伸给罗伊。他握了握我的手,可是我觉得他没有平时那种热情。我感到他对我们这次的会见很失望。可是我猜不出他为什么失望。不管他当初想要我替他干什么,我都未能满足他,因为他根本没有让我猜到他的目的,我在丽兹酒店的拱廊下走过,又沿着公园的铁栅栏走去,一直走过半月街的对面,一路上我在想我今天的态度是不是出格地令人生畏。显然罗伊觉得要想叫我为他做什么事,今天的碰头很不是时机。

我又顺半月街走去,在经过了熙熙攘攘的皮卡迪利大街之后,半月街宁静的气氛使人很舒服。这里恬静,有气派。大多数的房子都有单元出租。不过这不是庸俗地贴张卡片来做广告的;这里有的房子像医生诊所那样,门口用一块擦得锃亮的铜牌来表明它是供出租的,有的在它的扇形窗上整齐地写上"内有公寓"的字样。有一两家更为慎重,只把房产主的姓名写上,如果你不知道这里有公寓出租的话,你很可能以为这里是家裁缝铺或者钱庄。这里不像另一条也有房子出租的杰明街那样交通拥挤嘈杂,你只是偶尔看到一辆漂亮的小汽车,里面没有人,停放在某一个门口,有时在另一个门口你会看到一辆出租汽车,从车上走下一位中年女士。你会有一种感觉,好像住在这里的人心情都很不愉快,有点像杰明街的住户那样,名声不大好。这里的房客有的可能是赛马狂,他们一早醒来就喊头痛,要喝解醉的酒;有一些是从乡村来的有身份的妇女,她们在伦敦社交活动季节到伦敦来住六个星期;也有的是些参加高级俱乐部的上年纪的绅士。你会觉得这些人年复一年地到同一幢房子来住,可能当这里的房产主还在某些私人宅邸干活时,他们就已认识他了。我的房东费洛斯小姐就曾在一些很显贵的人家当过厨师,不过如果你在牧羊人市场碰见她买东西的话,你根本猜不出她当过厨师。她不像一般人想象的厨师那样矮胖结实,脸色红润,粗里粗气;她是瘦长身材,腰背笔直,衣着整洁入时,她已是中年,脸上一副坚毅的神情;她抹口红,戴眼镜。她做事公事公办,言语不多,常带着一种冷冷的讥讽神情,派头很大。

我住的房间在一楼。客厅的墙壁贴着一种很老式的大理石纹的墙纸,墙上悬挂着一些浪漫色彩的水彩画,有骑士们向他们的情人告别的,也有贵族们在雄伟的大厅里欢宴的画;室内放着几盆羊齿类长青叶,扶手椅上的皮子已经褪色。房间里有一种很使人喜欢的19世纪80年代的气氛,当我向窗外眺望时,我觉得我应该看见一辆自备马车,而不是一辆克莱斯勒牌汽车。窗帘是厚厚的红棱纹布的。

1 圣母之乳（Liebfraumilch）：德国名酒。
2 dunch 指吃晚午饭，为 dinner（正餐，在晚上举行）和 lunch（午饭）的拼合词。
3 马蒂斯（Henri Matisse 1869—1954）：法国画家、雕刻家，后期印象派、表现派大师。
4 马塞尔·普鲁斯特（Marcel Proust 1871—1922）：法国小说家。
5 奥赛罗（Othello）：莎士比亚所著悲剧及其主人公名。
6 乔治·梅雷迪斯（George Meredith 1828—1909）：英国小说家、诗人。
7 沃尔特·佩特（Walter Pater 1839—1894）：英国文学评论家。
8 纽曼（John Henry Newman 1801—1890）：诗人、神学家、教育家、小说家。
9 菲茨杰拉德（Edward Fitzgerald 1809—1883）：英国古波斯文、希腊文诗歌翻译家。
10 英国小说家斯特恩（Laurence Sterne 1713—1768）所著，全名为《绅士特里斯舛·项狄的生平与见解》，全书共九卷，从1760年至1767年陆续出版。
11 英国小说家菲尔丁（Henry Fielding 1707—1754）的晚期作品，于1751年出版。
12 英国作家萨克雷（William Makepeace Thackeray 1811—1863）的著名小说。
13 法国小说家福楼拜（Gustave Flaubert 1821—1880）的著名小说。
14 法国作家司汤达（Stendhal 1783—1842）所著小说。
15 俄国作家列夫·托尔斯泰（Leo Nikolayevich Tolstoy 1828—1910）名作。
16 沃兹沃思（William Wordsworth 1770—1850）：英国著名诗人。
17 济慈（John Keats 1795—1821）：英国著名诗人。
18 魏尔伦（Paul Verlaine 1844—1896）：法国诗人。
19 奏乐杯（musical glasses）：一种乐器，为一系列高度渐升能发出不同音调的玻璃杯，用小木棍敲击。

Chapter
< 3 >

第三章

那天下午，我事情很忙；可是同罗伊的谈话以及前天所勾起的思绪——那种当我走进我的住室时它所莫名地给予我的比往常更加强烈的怀旧之感、一个尚不算老的人记忆犹新的往事，诱使我的思路沿着回忆的小道漫步走去。仿佛以往这段或那段时间里曾在我的公寓中同住的人们此时都跃入了眼帘，他们的举止早已不合时宜，穿着也很古怪，男人们留着络腮胡子，穿着大礼服，女人们的裙子还带着撑裙子的腰垫和宽宽的褶子。我不知道是我的想象呢，还是我真的听到了伦敦街道的喧闹。我住的房子在半月街的尽头，这种喧闹声伴随着这美好的阳光灿烂的六月天气（那纯洁、永恒的美好的今天）给我的浮想加上了一层并不难过的痛切之感。我眼前的往事似乎已失去了真实感，它像一幕台上正在演出的戏剧，我则是昏暗大厅中后排的一个观众。然而，我却看得很清楚戏是怎样演下去的。它完全不像人们正在过着的生活那样，由于接连不断的印象重重叠叠，以致它的轮廓变得模糊不清，带上了一层雾茫茫的色彩。我的这些回忆却是十分清晰、十分明确的，就像维多利亚时代中期的一位苦心创作的艺术家所画的一幅风景油画一样。

我想也许今天的生活相比于四十年前的生活要有趣得多，我还觉得今天的人们比过去的人们可亲。那时的人可能更高尚，有着更实在的优点，人家说，他们比现在的人更具有真才实学，我不知道这是否确实。我只知道他们比现在的人脾气坏，他们吃得太多，很多人酒也喝得太多，而他们的运动却很少。他们肝功能多半不大正常，他们的消化系统也常有毛病。他们很容易发怒。我不是说伦敦的人，因为在我长大成人之前，我对伦敦一无所知，我也不是说那些喜欢打猎、射击的达官贵人，我说的是乡间，是那里的一些平凡的人，小有财产的绅士、牧师、退休官员以及其他诸如此类组成当地社会的人物。这些人生活的单调程度几乎是令人难以置信的。那儿没有高尔夫球场；少数几户人家有一个保管得很糟的网球场，而打网球的都是年纪很轻的人；镇上的会议厅里每年举行一次舞会；有私人马车的人家每天下午坐车出去兜一圈风，而其他人则进行"健身散步"。你也可以说，他们并不怀念他们原本从未想到过的那些乐事，他们每隔一长段时间也往往邀请彼此参加一些小小的娱乐活动为自己的生活增添点色彩（经常是茶点会，要求你自带音乐节目，你在那里唱一些莫德·瓦莱丽·怀特和托斯蒂的歌曲）；每天的日子总是很长；他们觉得枯燥乏味。命里注定住在一英里之内互为乡邻的人却彼此破口大骂，他们天天要在镇上见面，却可以二十年互不来往。他们很虚荣，很顽固，也很古怪。这种生活也许会形成一些奇怪的性格；当时的人们不像今天这样互相有很多相似之处，他们以自己独特的癖性取得一些小小的声望，然而他们却很不好相处。我们这些现代的人可能过于轻率、随便，但是我们都不带任何过去的偏见看待彼此；我们可能举止粗鲁随便，但却是善良的；我们比从前的人更乐于互相交换意见，而且我们不像他们那样固执己见。

那时，我同我的叔父、婶母住在肯蒂什的一个海滨小城镇的郊区。这个小镇的名字叫布莱克斯特博，我的叔叔是那里的教区牧师。我的婶母原籍德国。她出身一个非常高贵但已穷困潦倒的家族，因此她嫁给我叔父时所带来的唯一嫁妆是一张一位17世纪的祖先定制的镶嵌精细的写字台，以及一套大玻璃杯。不过当我到他们家时，这套玻璃杯已剩下寥寥可数的几个，放在客厅里当作装饰品了。我很喜欢杯子上面淡淡地刻着的那些家族联姻的纹章，究竟有多少我也不太清楚。我的婶母以前经常郑重其事地向我讲解这些纹章。杯子的支架是很精细的，那王冠上突出的顶饰非常富有浪漫色彩。婶母是个朴实的老妇人，具有温顺、合乎礼俗常规的性格。但是尽管她嫁给了一个除薪俸之外极少有其他收入的普通教区牧师已经三十余年，却始终不忘她上流社会的出身。有一次，一个伦敦有钱的银行家到村里来度夏，租了我们隔壁的房子；这个人当时在金融界颇有名望。虽然我的叔父去拜访了他（我猜主要是为牧师协会募集捐款），我的婶母却拒绝去他家里，因为他是个生意人。没有任何人说婶母是势利眼。大家都认为她的态度是有道理的。银行家有个和我差不多年纪的小男孩，我不记得我是怎么和他认识的。但我还记得当我问叔父、婶母是否可以把他带到家里来玩时，他们认真进行了讨论，最后勉强同意了，但却

不许我到他家去。我的婶母说这样下去,下一回我就会想到煤商家去。我的叔父说:

"有害的交往会腐蚀掉高尚的举止。"

银行家每礼拜天上午都去教堂,而且总在盘子里留下半个金镑,不过如果银行家以为他的这种慷慨给大家留下了良好的印象,那他完全想错了。所有布莱克斯特博的人都知道他的这个举动,但也都看作是他在显示他的阔绰。

布莱克斯特博有一条蜿蜒盘曲的主要街道直通海边,街道两旁是些两层楼的小房子,很多是住宅,但也有不少店铺;从这条大街又新修了若干短街,一边通向乡村,另一边通往沼泽地。在港口的附近密集着许多狭窄的小巷。每当煤船从纽卡斯尔把煤运到布莱克斯特博时,港口就生机勃勃起来。当我长大到可以单独出去玩时,我总爱到那里去看那些粗犷、满身煤灰、穿着套衫的船工,看他们卸下一船船的煤。

我就是在布莱克斯特博第一次遇见爱德华·德里菲尔德的。那时我刚十五岁,从学校回去度暑假。到家的第二天早晨,我带上毛巾和游泳裤就去海滩了。这天天气晴朗无云,炙热,明亮,但是北海的波涛给周围增添了一种令人愉快的气味,使人生活在这里、呼吸着这空气感到十分清新。当冬季来临时,布莱克斯特博当地的居民都以匆忙的步伐走在街上,并且尽量把身子和脑袋蜷曲起来,尽量让自己的皮肤少接触那凛冽的东风,可是现在,他们却三五成群悠闲懒散地聚集在"肯特公爵"和"大熊钥匙"等酒店之间的空地上。你听到他们那种东盎格鲁口音的谈话的嗡嗡声,这种乡音声调拖得较长,有人可能会觉得很难听,但由于我在幼年时就听惯了,因此听起来仍然觉得悠扬动听。这些当地人气色健康,有着蓝色的眼睛和高高的颧骨,他们的头发是浅色的。他们外表整洁、诚实,并且机敏。我想他们并不很聪明,但他们很坦率。他们看上去很健康,虽然大部分人个子不高,但却结实、活跃。那时在布莱克斯特博,带轮子的交通工具还很少,仅有的是镇上医生的单马双轮车和面包店老板的二轮马车,所以那些三三两两聚在路旁闲谈的人难得需要给车子让路。

走过银行的时候,我进去向经理问候,他是我叔父的教堂执事。我走出银行时碰上了我叔父的副牧师,他停下来和我握手。和他在一起的是一个陌生人。他没有介绍我们认识。这人个子较小,留着胡子,他穿一套很鲜艳的棕色灯笼裤和上衣,裤子很紧身,下面是海蓝色的长筒袜,黑靴子,头上戴一顶宽檐帽。灯笼裤这种服装当时还不常见,至少在布莱克斯特博不常见。我那时年纪很轻,刚从学校中出来,因此见到这种装束,我立即把这个人划入了粗俗之流。但是当我和副牧师谈话时,这个人却友好地注视着我,他那浅蓝色的眼睛流露出一丝笑意。我觉得只要稍予鼓励,他就会立刻参加我们的谈话,但是我摆出一副傲慢的派头。我不想冒这种险让一个像猎场看守那样穿灯笼裤衫的人和我谈话,我对他脸上那种善意亲昵的表情很不高兴。我自己当时的穿着是无懈可击的,我穿着白色法兰绒的长裤,蓝色的法兰绒运动衫,在胸前的口袋上印有我们学校的徽记，我戴一顶边很宽的黑白相间的草帽。后来副牧师说他有点事，必须走了（谢天谢地，他说要走了，我从来不知道在街上碰到熟人时怎么样和他告别，我经常觉得十分受罪，因为我总是找不到一个机会，总是不好意思开口先说我要走了），副牧师说他下午要到牧师住宅去，请我告诉叔父。我们分手时，那个陌生人朝我点头微笑，可是我却冷冷地瞪了他一眼。我猜想他是个来度夏的人。在布莱克斯特博，我们从来不和这种来度假的人混在一起。我们认为伦敦人很庸俗。我们都说每年夏天这帮城里的无赖都跑到我们这里来，这实在可怕，不过当然镇上那些商人并不这样想。可是每当九月结束，布莱克斯特博又回到往日的宁静中来时，就连这些商人也如释重负地轻轻叹口气。

当我回家吃午饭时，我的头发还未干透，还湿漉漉地贴在我头上，我提到我早上碰见了副牧师，他说下午要来。

"谢泼德老太太昨晚去世了。"叔父解释道。

副牧师姓加洛韦，他瘦高个子，长相丑陋，长着蓬乱的黑头发，脸盘很小，脸色很不好。他可能年纪还很轻，但在我看来，他似乎已是中年。他说话很快，而且边说边打手势。这种习惯使大家觉得他很古怪，要不是因为他积极肯干，我叔父是不会要他当副手的。叔父特别懒，所以他很高兴有个人可以把他的许多工作接过去。下午加洛韦同我叔父谈完他们的公务之后，进来问候我婶母，婶母留下他喝茶。

"今天早上和你在一起的那个人是谁？"他坐下后我问他。

"喔,那是爱德华·德里菲尔德。我没有向你介绍。我不知道你叔叔是否愿意你认识他。"

"我认为这种人是极无必要认识的。"叔父说。

"为什么?他是谁?他不是我们布莱克斯特博人吧?"

"他出生在这个教区,"叔父说,"他的父亲是沃尔夫小姐的庄园费内别墅的管家。不过他们是非国教教徒。"

"他和一个布莱克斯特博的女孩子结婚了。"加洛韦说。

"我相信是在教堂结婚的,"我的婶母说,"她真是铁路酒店的女招待吗?"

"看来她曾经干过这个。"加洛韦微笑着说。

"他们在这里会住长吗?"

"我想会的。他们已经租下了公理教会那条街上的一所房子。"副牧师说。

那时候在布莱克斯特博,那些新建的街道肯定都有名字,可是当地人都不知道这些名字,因而也从来不用。

"他要来教堂吗?"叔父问道。

"我还没有怎么和他谈到这个问题,"加洛韦先生回答,"你知道,他是个受过相当教育的人。"

"我很难相信这点。"叔父说。

"据我所知,他上过哈弗沙姆的学校,他在那里得到很多次奖学金和其他奖励。后来他在瓦德汉又得了奖学金,不过他放弃了奖学金,从那里跑到海上去了。"

"我听说他是个冒失鬼。"叔父说。

"他看上去不怎么像个水手。"我评论说。

"嗨，好多年前他就不干这行了。从那以后他做过各种各样的事。"

"一个野小子。"叔父说。

"啊，现在我懂了，他是个作家。"

"这也不会延续多久。"叔父说。

我还从来没有结识过任何作家，我对这个人的兴趣油然而生。

"他写什么？"我问，"是写书吗？"

"我想是的，"副牧师说，"还写文章。春天他的一本小说出版了。他答应借给我看。"

"要我是你的话，我就不会浪费时间去读这些废物。"叔父说，他除了《泰晤士报》和《卫报》之外，从来不看其他任何东西。

"他的那本小说的名字是什么？"我问。

"他告诉过我，可是我忘了。"

"反正你完全没有必要知道，"叔父说，"我非常反对你读那些毫无价值的小说。假期间，你应当多在户外活动。另外我想你还有暑期作业吧？"

我的确有作业。那是阅读《艾凡赫》[1]。我十岁的时候就读过这本书，一想到要再读一遍而且还要写出读书报告，我实在觉得心烦意乱。

当我想到爱德华·德里菲尔德后来所取得的巨大成就时，

我一记起当初在我叔父的餐桌上我们怎样议论过他时,就禁不住微笑起来。不久前,德里菲尔德逝世后,他的崇拜者们十分激动,要把他葬在威斯敏斯特大教堂的公墓中。在我叔父之后布莱克斯特博的牧师换过两次,现任的牧师写信给《每日邮报》指出德里菲尔德出生在他那个教区,他不仅在那个地区生活过很多年,特别是他生命的最后二十五年,而且他曾以布莱克斯特博作为他几本最有名的小说的背景地点,因此把他的遗骨安葬在这里是最为合宜的,他的父母也正是安息在教堂公墓肯蒂什的榆树荫下。后来,威斯敏斯特的主教以一种相当粗鲁无礼的态度拒绝了把德里菲尔德葬于大教堂公墓的建议,于是德里菲尔德夫人给报界写了一封很庄重的公开信,她在信中说她相信她把已故丈夫安葬在他如此熟悉和热爱的单纯的人们之中是在实现死者最热切的愿望。这个结果使布莱克斯特博的人们松了一口气。不过除非布莱克斯特博的上层人士自从我离开那里后有了极大的变化,否则我相信他们都不会喜欢"单纯的人们"这个用词。我后来听说他们从来都不能"容忍"这第二个德里菲尔德夫人。

---

1 《艾凡赫》(*Ivanhoe*):英国作家司各特(Sir Walter Scott 1771—1832)所著小说。于1819年出版。

Chapter

< 4 >

第四章

就在我和阿尔罗伊·基尔共进午餐之后的两三天，我意外地收到爱德华·德里菲尔德遗孀的一封来信。信是这样写的：

亲爱的朋友：

  听说上星期你和罗伊有一次长谈，谈到了爱德华·德里菲尔德，我非常高兴地得知你对他怀有良好印象。他在世时常和我讲到你。他对你的才能极为钦佩，在你上次同我们共进午餐时，他非常高兴见到你。我不知道你是否存有他生前写给你的信件，如果有的话你又是否能给我这些信的抄件。如果你能同意到我家来小住两三天，我将十分高兴。我现在独自在此，深居简出，请你选个对你合适的时间前来即可。我很希望重新见到你，和你叙旧。我有一事相求，我相信为了我已故的亲爱的丈夫，你是不会拒绝的。

忠实的
艾米·德里菲尔德

  我只见过德里菲尔德夫人一次，对她也没有多大兴趣；我不喜欢被她称作"亲爱的朋友"，单是这个称呼就足够使我拒绝她的邀请了；不论我想个什么聪明的理由回绝她，反正这封信的来意就使我很恼火，使我不应邀前往的理由十分明显；总之，我就是不想去看她。我没有保存任何德里菲尔德的来信。大概好多年前，他曾经写过几次便条给我，可是那时候他不过是个默默无闻的小文人，即使我有保存别人来信的习惯，我也绝对不会想到要保存他的来信。我怎么会预料到后来他会被推崇为当代最伟大的小说家？我没有立即回信拒绝只是因为德里菲尔德夫人信中说她有事求我。当然我很讨厌为她做事，不过如果这是件我可以办到的事而我不肯去办，那就近乎行为卑劣，何况她的丈夫毕竟还是个显要人物。

这封信是早班邮件送来的，早餐后我就给罗伊打电话。我一报姓名，他的秘书就立即为我接到了罗伊那里。如果我在写一个侦探故事的话，我马上就会怀疑罗伊正在等候我的电话，而罗伊拿起话筒后一上来的那种精神饱满的语气更足以使我肯定我的怀疑。没有人一大清早接别人电话时自然地就会这样兴高采烈。

"我没把你吵醒吧。"我说。

"老天爷，没有，"电话线传来了他精力充沛的笑声，"我七点就起床，刚才在公园骑马，现在正准备早餐。你到我这里来和我一起吃，怎么样？"

"我非常喜欢你，罗伊，"我回答，"不过你不是那种我愿意一起共进早餐的人。另外，我已经吃过了。你听着，我刚刚收到德里菲尔德夫人的一封来信，邀请我到她那里去住几天。"

"她对我说过她要请你去。咱们可以一起去。她有个很好的草地网球场,她的款待很殷勤。我想你会喜欢的。"

"她想叫我干什么?"

"嗯,我想她要自己告诉你。"

罗伊的声调很柔和,我觉得他如果在对一个热切想当爸爸的人说他的妻子很快就会使他的愿望得以实现了,他用的一定是这种声调。不过这种声调对我却不起作用。

"得了,得了,罗伊,"我说,"我是个老油条了,不会轻易上这种当的,快说吧。"

电话的另一头沉默了片刻,我觉得罗伊不喜欢我刚才的用词。

"你今天早晨忙不忙?"他突然问道,"我想去看你。"

"好吧,来吧。一点钟以前我不出门。"

"我一小时左右到你那里。"

我放回电话话筒,重新点起了我的烟斗。我又扫了一眼德里菲尔德夫人的那封来信。

我清楚地记得她信上所提到的那次午餐。我那时碰巧在泰肯伯里附近一位叫霍特玛希的准男爵夫人家里度周末,她是一个酷爱打猎运动而知识浅薄、举止不叫人喜欢的准男爵的聪明而漂亮的美国籍夫人。也许是为了调剂沉闷的家庭生活,她喜欢在家里招待艺术界人士。她的这些集会有各种人参加,气氛是欢快的。贵族们和绅士们带着惊讶和敬畏不安的心情与画家、作家及演员混在一起。霍特玛希夫人殷勤地邀请这些人去做客，却从来也不谈这些人写的书或作的画；但她喜欢和他们在一起，这使她愉快地感到自己处于艺术界圈子之中。我去她家的那次，我们的谈话碰巧提到了她的最显赫的邻居爱德华·德里菲尔德，我说起过去曾经有一段时间我和他很熟悉，于是霍特玛希夫人立刻建议我们星期一中午去德里菲尔德家和他共进午餐，那天她的其他一些客人计划回伦敦去。我不同意去，因为我已有三十五年没有见到德里菲尔德了，我不相信他还会记得我；而如果他还记得我（虽然这个念头我没有说出口），我想他也不会觉得这是个使他愉快的记忆。但是那天在场的有一位称作斯卡利恩伯爵的年轻贵族，此人对文艺有种狂热的爱好以至于他违背了人类与自然界的法规，不去参与统治国家，而却把自己的精力全部花费在撰写侦探小说上。他极为好奇地渴望见到德里菲尔德，因此当霍特玛希夫人一提出建议，他马上表示这太妙了。那天聚会上的贵宾是一个粗壮、肥胖的年轻公爵夫人，看来她对这位著名作家也是十分钦佩，因此她竟准备不去参加她星期一在伦敦的一次约会，推迟到这天下午再返回伦敦。

"我们现在有四个人了，"霍特玛希夫人说，"我想他们最多只能接待这些了。我立刻去给德里菲尔德夫人发个电报。"

我觉得自己混在这么几个人之中去见德里菲尔德实在太不像话了，因而我竭力给他们的计划泼冷水。

"我想我们这么去一定会使德里菲尔德很厌烦的，"我说，"他一定很不喜欢一大堆陌生人这样闯进他家。他已经很老了。"

"正因为他很老了，所以如果人们想见见他，最好抓紧时间，现在就去。他不会再活很久了。德里菲尔德夫人说他喜欢会见客人。可是他们平常能见到的人不是医生就是教区的牧师，我们去可以让他生活有点变化。德里菲尔德夫人说我随时可带几个有趣的人去见他。当然她要十分小心。各种各样的人只是出于很无聊的好奇心不断打扰他，说想见他，还有那些采访记者和要他读他们作品的作家，再加那些愚蠢的歇斯底里的女人。不过德里菲尔德夫人真了不起。她只让他见那些她认为他应当见的人。我想如果他会见每一个想见他的人，那不出一个星期，他就完了。德里菲尔德夫人必须考虑他的精力。当然我们是不同的。"

当然我认为我是和那些人不同的，不过当我看看其他几个要去见他的人时，我看出来那位公爵夫人和那位斯卡利恩伯爵也都自以为他们是不同的人；看来我最好不再说什么。

我们坐了一辆鲜黄色的劳斯莱斯牌汽车前去拜访德里菲尔德。费内别墅离布莱克斯特博有三英里。我想那是大约1840年前后所建的一所泥灰质房子，外表很简朴，没有多少花饰，但却很坚固实用；房屋的前后款式相同，中部低平，中间开门，两边有两个很大的突出部，一层有两个大的凸形窗。一堵胸墙遮掩了低矮的屋顶。房屋周围是一个大约占地一英亩的花园，里面树木丛生，不过管理得很精心，从客厅的窗户可以看到一片树木和绿草坡的悦目景象。客厅的布置同你认为的每一个不很大的乡村别墅的客厅所应有的布局如此相像，因而稍有一点令人失望。舒适的椅子和大沙发上用的是干净而色彩鲜艳的印花布椅套,窗帘也是同样的印花布。几张小小的英国18世纪奇彭代尔[1]式小桌上放着东方色彩的大碗,里面盛满了玫瑰花瓣掺制的香料。奶油色的墙壁上挂着几幅本世纪[2]初一些知名画家的悦目的水彩作品。屋内放置着许多布置精巧的鲜花,大钢琴上的银质镜框中是一些著名女演员、已故作家和一些王室次要成员的照片。

难怪公爵夫人一进门就嚷嚷这间客厅非常漂亮。这样的客厅正是一位显赫的作家度过他晚年时光的最适宜的环境。德里菲尔德夫人以一种谦逊的自信接待我们。我估计她大概四十五岁,脸盘很小,脸色不好,相貌匀称,面部轮廓分明。她头戴一顶紧扣在头上的那种钟形黑色女帽,身穿一套灰色裙子和上衣。她身形单薄,高矮适中,看上去整洁、能干、精明,她的模样很像个地主的守寡女儿,替他父亲管理这个教区的事务并具有一种特殊的组织才能。我们走进客厅时,有一位牧师和一位女士站起来,德里菲尔德夫人为我们做了介绍。那是布莱克斯特博教区的牧师和他的妻子。霍特玛希夫人和那位公爵夫人立刻摆出一副殷勤谦逊的姿态,他们这个阶层的人在遇到社会地位比他们低下的人时总要做出这种姿态以表示他们并未意识到他们之间地位的悬殊。

爱德华·德里菲尔德走进客厅。我曾不时地在那些带图片的报纸上看到他的照片,但当我看见他本人时我感到十分惊讶。他比我记忆中的印象更矮小,而且非常瘦削,纤细的银发勉强盖住头顶,胡子剃得很干净,他的皮肤看上去几乎是透明的,眼睛是极浅的蓝色,眼圈却发红。他看上去已是一个很衰老的老人,只有一根细线在维系他的生命;他戴一口洁白得过分的假牙,这使他微笑的时候显得僵硬,很不自然。我过去见到的他都是留胡子的,现在没有了胡子,我发现他的嘴唇又薄又苍白。他穿一套裁剪合身的蓝色斜纹哔叽新衣服,上衣的矮领大出了两三号,露出他那瘦削的、布满皱纹的脖颈。他系一条整洁的黑领带,戴一个珍珠的领带夹。他看上去像一个穿着便服在瑞士度暑假的主教。

在他走进客厅时,德里菲尔德夫人迅速地看了他一眼,然后像是在鼓励他似的对他微微一笑;她一定对他整洁的外表感到很满意。他进客厅后同每个客人握手并对每个人说几句客气话。走到我面前时,他说:

"很感谢你这样一位负有盛名的忙人走这样远的路来看望一个老古董。"

我对他的话有点诧异,因为他讲话的神情似乎他从来不认识我,我担心我的那几位朋友会以为我说我过去曾一度与他关系很密切的话是吹牛。我不知道他是不是把我完全忘记了。

"我都记不得我们有多少年没有见了。"我说话时尽量显得很高兴。

他看着我,我想他只看我几秒钟,但我却感觉他似乎盯着我看了很久,接着我突然吓了一跳:他对着我眨了一下眼睛。他这个动作非常快,除了我别人都不可能发现,而我完全没有料到在他那张衰老而显贵的脸上竟会出现这样一个表情,我几乎不相信自己的眼睛。很快,他的脸又恢复了原来的沉着神态,显示出智慧的宽厚和沉静的洞察力。接着,午餐准备就绪,我们鱼贯进入餐厅。

餐厅的布置同样是极为雅致的。在奇彭代尔式的小餐桌上放着银质的蜡烛台。我们就座的椅子和我们就餐的桌子都是奇彭代尔式的。餐桌正中是一个装满玫瑰花的大口银花瓶,它的周围是一些银碟子,里面盛放着各种巧克力和薄荷奶油糖;银质的小盐瓶擦得锃亮,并且显然是乔治时代的制品。奶油色的墙上挂着彼得·莱利爵士所作的铜版仕女画,壁炉上方是一件蓝色的代尔夫特瓷器[3]装饰品。两个穿棕色制服的侍女在餐厅服务,但德里菲尔德夫人一边与我们进行流畅的谈话,一边却不断细心地在注意看这两个侍女的动作。我暗中诧异德里菲尔德夫人是怎样把这些粗壮的肯特女孩子训练成如此完善的侍者的(这两个侍女健康的脸色和高高的颧骨表明了她们是当地人)。午餐的菜谱与这个聚会非常相称,精致而又不过分奢华,平鱼卷加乳白浇汁,烤鸡配新鲜土豆,绿豌豆,龙须菜加鹅莓酱。对于一位享有盛名但并不十分富有的文艺界人士,这样的餐厅,这样的午餐以及主人的举止仪态都使你感到同他们的社会地位完全相配。

就像大多数文化人的妻子一样,德里菲尔德夫人也是十分健谈的。她没有使她这一端餐桌上的谈话冷落下去,因此不管我们如何努力想听听她的丈夫在餐桌另一端说些什么,都找不到机会。她谈吐欢快，神采飞扬。虽然爱德华·德里菲尔德衰弱的身体以及他的高龄迫使她一年中大部分时间都不得不在乡村度过，她还是设法不时去一趟伦敦使自己不脱离时兴的潮流，不一会儿，她就已经和斯卡利恩伯爵热烈地谈论起伦敦剧院正在上演的剧目以及皇家艺术学会的拥挤情况。她说她跑了两趟才看完了那里的画展，但即使这样，她最后还没有来得及看水彩画部分。她说她很喜欢水彩画，因为这种画不矫揉造作，她最讨厌不自然的作品。

男女主人各坐在餐桌的两端，牧师坐在斯卡利恩伯爵旁边，牧师的妻子坐在公爵夫人旁边。公爵夫人和她侃侃而谈，议论起工人阶级的住房问题，她在谈论这个问题时显得比牧师的妻子更加熟悉情况。这时，我才得以自由地把注意力转向爱德华·德里菲尔德。他正同霍特玛希夫人谈话。这位夫人显然正在告诉德里菲尔德怎样写小说，还在告诉他有哪几本书他实在应当读一读。他听着，似乎是出于礼貌，表示很有兴趣，不时地还插上一两句，不过因为他的声音太轻，我实在听不清；每当霍特玛希夫人开一句玩笑（她经常在谈话中夹一些很不错的玩笑），德里菲尔德还往往咯咯笑几声并且很快地扫她一眼，他的眼神好像在说：这女人倒还不是个十足的笨蛋。我想起了过去的事情，不禁暗中思量：不知德里菲尔德心里对眼前这些显要的客人们，对他那装扮雅致、精明能干的妻子以及他所处的优雅生活环境究竟有些什么想法。我不知道他是否把他早年的经历引为憾事。我不知道眼前的一切是否真正使他感到乐趣,还是在他那亲切温雅的举止背后隐藏着令他极其憎恶的厌烦。也许他感觉到我正在看他,因为他也抬起了眼光。他的目光在我脸上沉思地停留了一会儿,带着温和而又是奇特地搜寻的神情,接着,突然地但却毫无疑问地,他又对着我眨了一下眼睛。这样一个轻佻的表情出现在这样一张衰老的面孔上,它不仅使我感到吃惊,而且使我不知所措,我不知道怎么办才好。我的嘴上现出了一个迟疑不决的微笑。

但就在这时,公爵夫人加入了餐桌一端的谈话,于是牧师的妻子转向了我。

"你好多年前就认识他了,是吗?"她轻声问我。

"是的。"

她环视了一下其他客人,看到没有人在注意我们的谈话,于是又说:

"他的夫人很希望你不要和他谈起从前可能会使他很难过的事情。他现在很脆弱,任何小事都会使他很不高兴。"

"我会很小心的。"

"他的夫人照顾他真是无微不至。她对丈夫的这种全心全意的热诚真是我们大家的表率。她懂得把他照料好是一件多么值得珍惜的职责,这种忘我的精神真是言语所难以形容的。"她把声调放得更低地接着说,"当然,他年纪很老了,老人有时候总有点不好侍候的脾气;可是我从来没有见到她有不耐烦的时候。她在履行自己的责任方面简直和他一样地了不起。"

对这一类的评论是很难找到一些话回答的,可是我又感觉到对方在等待我的反应。于是我轻声地嘟囔了一句:"考虑到各种情况,他可以说看上去很不错了。"

"那完全是她的功劳。"

午餐结束后,我们回到客厅,两三分钟后,爱德华·德里菲尔德就来到了我旁边。我正在同牧师聊天,因为找不到更合适的话题,我向他赞赏着窗外的景色。我转向主人说:

"我正在说你花园那头的一排小房子十分别致好看。"

"那是你从这儿看。"德里菲尔德看着那排农舍破落的轮廓,他薄薄的嘴角边泛起了一个讥讽的微笑,"我出生在其中的一所房子里。很怪,对吗?"

但就在这时德里菲尔德夫人满脸亲切地走了过来,用爽朗而悦耳的声调说道:

"喔,爱德华,我知道公爵夫人非常想参观一下你的书房。她时间紧迫,几乎马上就要告辞了。"

"真抱歉,可是我必须赶三点十八分从泰肯伯里开往伦敦的那趟火车。"公爵夫人说。

我们又鱼贯进入德里菲尔德的书房。这间房子很大,在房子的另一头,有一个凸形窗子,从那里看出去同从餐厅窗子往外看的景色一样。屋子的陈设显示出这是一个尽心尽意的妻子为她的文人丈夫所精心布置的房间,屋内整洁得一尘不染,几个大口花瓶里盛满了鲜花,使房间带上一点女性的柔和感。

"他后来的全部著作都是在这张写字台上写的,"德里菲尔德夫人介绍着,顺手把一本书页朝下翻开反扣在桌上的书合上,"这张书桌的照片是精装本第三卷的书头插画。这书桌是件古董。"

我们大家都赞赏着这张桌子,霍特玛希夫人以为别人都没有注意她,偷偷把手指沿着桌子边沿下边摸了一圈,看看是否是真的。这时德里菲尔德夫人对我们大家很快地微笑了一下说:

"你们愿意看一份他的手稿吗?"

"那太好了,"公爵夫人说,"看完手稿我可真要赶快跑了。"

德里菲尔德夫人于是从书架上取下一叠在一个蓝色摩洛哥皮夹中的手稿,当在场的其他人恭恭敬敬地观看手稿时,我乘机扫视了一下沿着房间墙壁的书架上所陈列的书籍。像所有的作家一样,我匆匆地寻找上面有没有我的作品,结果一本也没有找到。但是我看到了阿尔罗伊·基尔的全套著作和其他很多装潢耀眼的小说,不过这些书籍的模样使人怀疑这些书还从来没有人看过;我猜那都是这些作者出于对这位文学大师才能的崇敬而主动寄给他的,也许他们希望能从他这里得到几句赞扬的话以供出版商为他们的书出广告所用。但这个房间里所有的书籍都排列得这样井井有条,干干净净,使我觉得主人极其难得会读一读它们。架上还有《牛津大辞典》,精装的菲尔丁、博斯韦尔、黑兹利特等等大多数英国经典作家的标准版作品;另外还有大量写大海的书;我看到有好多本海军部所出的各种颜色封面的、凌乱不齐的航海指南,还有几本关于园艺的书籍。这间屋子不像一个作者的工作室,倒像一个名人的纪念馆,你几乎已经看到一些随意浏览的旅游者为了找点什么事干漫步走进这间房子,你还可以闻到一股很少有人参观的博物馆中的那种发霉的气味。我猜测如果德里菲尔德现在还阅读任何东西的话,可能也就是园艺周报或航海报之类,我在屋角的桌子上看见一捆这两种报纸。

当这些夫人们看过了所有她们想看的东西之后,我们就向主人告辞。霍特玛希夫人是个很有心机的妇女,这时她一定想到了我是这次聚会的借口,可是整个中午我几乎还没有同德里菲尔德交谈过。当我们在门口告别时,她朝我微笑着对德里菲尔德说:

"听说你和阿申登先生好多年前就认识了,我觉得很感兴趣。他那时候是个听话的好孩子吗?"

德里菲尔德用他那惯有的略带嘲讽的目光直盯了我一会儿。我当时觉得如果周围没有别人的话,他会朝我吐吐舌头的。

"他怕羞,"他回答说,"我教会他骑自行车的。"

我们一行人又一次钻进了那辆黄色的劳斯莱斯牌汽车,离开了他家。

"他这人太好了,"公爵夫人说,"我真高兴今天去看了他。"

"他的举止那么大方!"霍特玛希夫人说。

"你原来想不到他会用刀子吃豌豆吧?"我问道。

"我倒真希望他是这样吃豆子的,"斯卡利恩说,"那该是多么生动别致啊。"

"这肯定很不容易,"公爵夫人说,"我试过好多次,可是我就是没法让那些豆子待在刀子上。"

"你得扎住豆子。"斯卡利恩说。

"不对,"公爵夫人反驳道,"你得在刀子的平面上让豆子稳住,可那些豆子一个劲儿地滚下来。"

"你觉得德里菲尔德夫人怎么样?"霍特玛希夫人问道。

"我看她起到了她该起的作用。"公爵夫人回答。

"他年纪太大了,怪可怜的,他必须有个人在身边照顾他。他的夫人是个医院的护士,你知道吗?"

"哦,是吗?"公爵夫人说,"我还以为她以前是他的秘书、打字员或者其他这一类的手下人。"

"她还是很不错的。"霍特玛希夫人热烈地替她的朋友说话。

"喔,不错。"

"大概二十年前德里菲尔德得了一场大病,那时她是他的护士,病好了以后他就和她结婚了。"

"男人们会这样做真奇怪。德里菲尔德夫人比她丈夫的年纪轻多了。她大概不会超过四十岁或四十五岁吧。"

"我想恐怕不止。总有四十七吧。我听说她为他做了很多事。我的意思是,她使他能见人了。阿尔罗伊·基尔告诉我说,在那以前,他已经变得太放荡不羁了。"

"作家的老婆都是令人讨厌的,这成了一条规律。"

"要跟她们应酬,实在讨厌。"

"要命!我奇怪她们自己怎么一点不觉得。"

"这些可怜虫,她们自己还总沉浸在幻觉里,以为人们都对她们很感兴趣呢。"我嘟囔着。

车到泰肯伯里时,公爵夫人下了车,我们其他人继续驱车往前。

1 奇彭代尔(Chippendale 1718—1779):18世纪的英国著名家具制造家。
2 即20世纪。
3 代尔夫特瓷器(delft):荷兰代尔夫特出产的瓷器。

Chapter 5

第五章

爱德华·德里菲尔德的确教会了我骑自行车。我也正是这样认识他的。我不知道安全自行车在当时已发明多久了,至少在我所居住的肯蒂什的偏僻地区,那时还很不普遍,因此当你看到什么人骑着实心轮胎的车子飞驰而过时,你总要转过身去看他一直到他的身影消失。那些中年的绅士们认为骑这种车子是荒诞滑稽的行为,他们说他们自己的双腿对他们是最好的;而那些上了年纪的夫人们则认为这种车子极为可怕,每当她们看见一辆自行车从远处过来,她们马上会跳到路旁。我早已羡慕那些骑着自己的自行车进入学校校园的男孩子了。要是你骑车进校门时能够双手脱把,那是一个出风头的机会。我一直在说服我的叔父让我在暑假开始的时候买一辆自行车,我的婶母表示反对,她说我一定会摔断脖子的,不过我的叔父却比较爽快地同意了我的要求,因为我当然是用自己的钱去买车。暑假前我就订了货,几天后,车子就从泰肯伯里运来了。

我下决心自己学会骑车,学校的一些同学告诉我他们半个小时就学会了。我试了又试,最后得出结论我自己笨得出奇,后来我克制了自己的自尊心,让花匠扶我练车,但尽管如此,这天早晨的练习结束时,我骑车的技术比开始的时候并无多少进展。第二天,我想叔父家门前的那条马车道转弯太多,不是学习骑车的好地方,于是我把车子推到附近一条马路上,我知道那条路平坦笔直,而且很僻静,不会有人看见我出洋相。我在那里一次又一次地试着上车,可是每次都掉下来。我的脚踝被自行车踏板擦破了,我觉得浑身发热,非常烦躁。我试了一个小时左右,开始怀疑大概是上帝决定我不应当骑车,但是我还是决心坚持下去(因为我受不了上帝在布莱克斯特博的代表——我的叔父的嘲讽),可就在这时,有两个骑自行车的人讨厌地在这条僻静的路上朝我骑来。于是我马上把车推到路旁,在路旁一个石磴子上坐下,用一种悠闲的姿态眺望大海,好像我骑了很长时间车,现在正闲坐这里,沉浸在对这茫茫大海的遐想之中。我使自己的目光流露出冥思的神情,以避开那两个向我骑来的人,但是我感觉到他们越来越近,而且从眼角我看到那是一男一女。正当他们骑过我身边时,那个妇女突然向马路我在的这一边猛烈拐了过来,她撞在我身上,倒了下来。

"啊哟,真对不起,"她说,"我刚才一看见你我就知道要摔下来。"

在这种情况下,我不可能再保持我那种出神的表情了,我脸涨得通红地对他们说不要紧。

当那个妇女从车上摔下来时,那个男人也下了车。

"你没摔坏吧?"他问。

"没有。"

我认出来他是爱德华·德里菲尔德,就是那天和副牧师走在一起的那个作家。

"我还刚开始学骑车,"他的同伴说,"只要我看见路上有任何东西就要摔下来。"

"你是牧师的侄子吧?"德里菲尔德问我,"那天我看见过你。加洛韦告诉了我你是谁。这是我的妻子。"

她以一种奇特的坦率姿态向我伸出她的手,当我握住它时,她热情地使劲握了我一下。她用她的嘴唇和她的眼睛微笑,即使在那时,我就感到她的微笑给人一种独特的愉快。当时我感到不知所措。从不相识的人总是使我特别不自在,我都看不清她的眉目长相。我只觉得她是个个子挺大、黄头发的女人。我也搞不清楚是我当时就看清楚的还是我事后记起的,她穿一条蓝哔叽的褶裙,粉红色前胸和领子上了浆的衬衫,在浓厚的金发上戴一顶硬草帽。

"我觉得骑自行车特别有意思,你说是吗?"她一边说一边看着我那辆靠在石磴旁的漂亮的新车,"会骑车多好啊。"

我觉得这是她对我的熟练技术的钦羡。

"也不过是多练习就是了。"我说。

"我今天是第三课。德里菲尔德先生说我学得很快,可是我自己觉得笨极了,恨不得踢自己一脚。你学了多长时间就学会了?"

我面红耳赤,实在说不出那句丢人的话。

"我还不会骑,"我说,"这是我刚买的车子,今天我第一次试它。"

我稍稍把实际情况说得含混了点,不过我心里自我解嘲地对自己解释：除了昨天在自己家花园里试过一会儿。

"如果你愿意，我来教你，"德里菲尔德好意地对我说，"来吧。"

"不，不，"我说，"我无论如何不能麻烦你。"

"为什么？"他的妻子说，她那蓝眼睛仍然充满笑意，"德里菲尔德先生很愿意教你，再说我也可以休息一会儿。"

德里菲尔德推过我的自行车，我尽管很不情愿，可是无法拒绝他那友好的强制，我笨手笨脚地上了车，来回晃悠，但是他用坚实的手牢牢地扶住我。

"快骑！"他说。

我快蹬起来，他在我旁边跑着，我的车来回晃动，最后不管他花了多大力气，我还是掉了下来，我们俩都热极了。在这种情况下，我不可能再保持牧师的侄子应当对沃尔夫小姐管家的儿子所采取的那种保持一定距离的冷淡态度了，我再一次往回骑，并且激动地独立骑了三四十码的距离，德里菲尔德夫人跑到路的中间，两手叉腰，大声叫着："加油，加油，二比一占上风了。"我开心极了，大声笑着，完全忘记了我自己的社会地位。我自己下了车，我的脸上肯定带着一种得意的胜利神色，德里菲尔德夫妇向我祝贺，夸我真聪明，第一天就学会了骑车，我心安理得地接受了他们这些赞扬。

"我想试试自己上车。"德里菲尔德夫人说。我在路旁的凳子上坐下来，和她丈夫一起看着她一次次不成功的尝试。

后来，她想歇一会儿了，她对上不了车很失望，但她情绪很好，坐在我身旁。德里菲尔德点着了他的烟斗。我们聊起天来。当时我当然并未意识到，但是现在我懂得了她的仪态带有一种使人丢掉任何戒备的坦率，她可以使任何人都感到很自在。她说起话来很急切，就像个孩子带着对生活的巨大热情喷涌出滔滔的话语一样，她那动人的微笑任何时候都使她双眼特别明亮。我不知道为什么我喜欢她的微笑。我觉得她的微笑中带一丝狡黠，如果狡黠并不一定是一种不好的品质的话；可是我又觉得她的微笑那样纯真又不能称之为狡黠。那是一种调皮的神情，就像一个孩子做了一件自己认为很有趣的事，但他知道你一定会说他调皮；他也知道你其实不会真生他气，要是你没有很快发现他干的事，他会自己跑来告诉你。不过在当时我当然只觉得她的微笑使我感到很亲切。

后来，德里菲尔德看了看表说他们该回去了，并且建议我们三人一起很有派头地骑车回去。这正是我叔父和婶母每天散完步从镇上回家的时候，我不愿意冒这个风险，让他们看见我同他们不赞成的人在一起；因此我请他们先走，因为他们骑得比我快。德里菲尔德夫人坚决不同意，但是德里菲尔德却用一种奇怪的、感到很有趣的眼光看了我一眼，这使我觉得他看透了我不与他们同行的借口，我的脸涨得通红，他这时说：

"让他自己走吧，罗茜。他一个人骑会更稳一些。"

"好吧。明天你还来这里吗？我们还来。"

"我尽量来吧。"我回答。

他们上车先走了，几分钟后我也出发了。一路上我非常得意，一直骑到家门口一次都没有掉下来。午餐的时候，我为此大大吹嘘了一番，但是我没有提到我碰见了德里菲尔德夫妇。

第二天上午大约十一点钟，我从马车房推出了自行车。这个屋子叫这么个名字，其实里面连一辆小套马车都没有，它只是花匠存放割草机、滚轮这类工具的地方，另外玛丽·安也把她喂鸡的饲料袋放在里边。我把自行车推到大门口，相当困难地上了车，就沿着泰肯伯里公路一直骑到从前是关卡的地方，然后转入乔伊巷。

天空是湛蓝色的，空气温暖而清新，热得似乎发出了细碎的爆裂声。光线明亮但并不刺眼。太阳光像一种向既定方向放射的能源一样猛烈地投向白色的大道，然后又像个橡皮球一般弹跳回来。

我在这条路上骑了几个来回，等候德里菲尔德夫妇的到来，不久我看见他们来了。我向他们招手，然后掉过车头（先下了车才掉过来），和他们一起往前骑去。德里菲尔德夫人和我互相夸奖彼此的进步。我们紧张地骑着，死命地抓住车把，但都非常高兴。德里菲尔德说等我们俩骑得很自如的时候，我们一定要在乡间骑车到处去游玩一番。

"我要到附近去拓一两件铜器。"他说。

我不懂他说的是什么，但他不愿解释。

"你等着，我会给你看的，"他说，"你觉得你明天能骑十四英里吗？来回各七英里。"

"可以。"我说。

"我给你带一张纸和一些蜡，你也可以拓。但是你最好先问问你叔叔你能不能去。"

"我不需要问他。"

"我想你还是问问的好。"

德里菲尔德太太用她那独有的调皮的然而却是友好的眼光看了我一眼，我的脸又涨得通红。我知道如果我去征求我叔父的意见，他一定会不同意。最好什么都不告诉他。但当我们往前骑时，我们迎面碰上了坐在双轮马车里的医生。他从我身边过去时，我两眼直视前方，指望我不朝他看的话，他也不会朝我看。我觉得很不自在。如果医生看见我的话，这个消息会很快传到我叔父或者婶母的耳朵里，我这时脑子里在考虑是不是还是由我自己向他们透露这个看来已保不住的秘密更好一点。当我们在叔父家门口分手时（我一直无法避免和他们俩一起骑到家门口），德里菲尔德说要是我明天可以同他们一起去的话，我最好尽早去他们家找他们。

"你知道我们住的地方吧？就在公理教会教堂的旁边。我们的房子叫莱姆舍。"

当我那天中午坐下吃饭时，我找了一个机会装作顺便说起的样子提到我在一个偶然的场合碰上了德里菲尔德夫妇；不过在布莱克斯特博，消息是传得非常快的。

"今天早晨和你一起骑车的是谁？"婶母问，"我们在镇上碰见安斯蒂大夫，他说他看见你了。"

叔父带着不赞成的神情嚼着烤牛肉，很不高兴地用眼睛盯着自己的盘子。

"德里菲尔德夫妇,"我漫不经心地回答,"就是那个作家。加洛韦先生认识他们。"

"他们的名声极坏,"叔父说,"我不希望你和他们来往。"

"为什么?"

"我不打算告诉你为什么。我告诉你我不希望你同他们来往,这就够了。"

"你怎么会认识他们?"婶母问。

"我正在大路上骑车,他们也在那里骑车,他们问我愿不愿意和他们一起骑。"我把实际情况稍稍作了点改动。

"我认为这是强加于人。"叔父说。

我绷着脸。为了表示我的气愤,当甜点上来时,虽然那是我最喜欢的覆盆子派,我说我不想吃。婶母问我是不是不舒服了。

"没有,"我尽量摆出傲慢的姿态,"我挺好。"

"吃一点吧。"婶母说。

"我不饿。"我回答。

"为了让我高兴,就吃点吧。"

"他自己知道他吃饱了没有。"叔父说。

我很生气地瞪了他一眼。

"我可以吃一小块。"我说。

婶母给了我挺大一块派,我吃的时候装出一副我是出于强烈的责任感才不得不做一件自己很不高兴的事情的样子。派做得好极了。玛丽·安做的脆点心吃在嘴里就会化掉。可是当婶母问我能不能再吃一点时,我摆出冷淡的架子说不要了。她没有坚持再叫我吃。叔父做了饭后祷告,我带着气愤的情绪进了客厅。

当我估计仆人们已吃完饭后,我走进了厨房。埃米莉正在餐具室里擦银餐具。玛丽·安正在洗刷。

"我说,德里菲尔德夫妻俩到底有什么不好?"我问玛丽·安。

玛丽·安从十八岁起就到牧师住宅来工作了。我还是个小男孩时她给我洗澡;把药粉放在梅子酱里给我吃;我上学了,她替我整理书包;病了,她照顾我;我闷得慌的时候,她给我读故事;我淘气的时候,她训斥我。女仆埃米莉是个轻浮的女孩子,玛丽·安常说如果埃米莉照顾我的话,她真不知道我会变成什么样。玛丽·安是布莱克斯特博当地人。她这辈子还没有去过伦敦,就连泰肯伯里,我想她也只去过三四次。她从来不生病,也从来没有假日。她一年的工资是十二镑。每周有一个晚上,她到镇上去看望母亲,她的母亲是牧师住所的洗衣工;每星期日晚上,她去教堂。但是玛丽·安对布莱克斯特博的每件事情了如指掌。她知道这里的每一个人,他们同谁结婚,她知道所有人的父亲死于什么病,以及每个女人生过几个孩子,他们都叫什么名字。

玛丽·安听了我的问题,她把一块湿抹布哗啦哗啦地在水槽里甩动。

"我不怪你叔叔,"她说,"要是你是我的侄子,我也不让你和他俩来往。这两人居然要你跟他们一道骑车!有的人就是什么事都干得出来。"

我看出来餐厅里的那场谈话已经有人传给玛丽·安了。

"我已经不是小孩子了。"我说。

"这更糟!这两人真不要脸,居然还到这儿来!"玛丽·安讲起话来经常地丢掉字母"h"的音,"居然还租了所房子,装成正经人。别碰那派!"

那块覆盆子派放在厨房桌子上,我掰下一块酥皮放进嘴里。

"这是我们的晚饭。你想再吃一块的话,刚才你们吃饭那会儿你干吗不要?泰德·德里菲尔德[1]这个人做什么事都长不了。他还受过良好的教育呢!我就是可怜他那妈妈。从他生下来那会儿起他就给他妈找麻烦。现在竟然跑去和罗茜·甘恩结婚。他们说他告诉他妈他要和谁结婚时,他妈气得病倒在床上三个礼拜起不来,跟谁都不愿讲话。"

"德里菲尔德太太结婚前就叫罗茜·甘恩吗?是哪个甘恩家的?"

甘恩是布莱克斯特博最为普遍的一个姓。教堂墓地里到处是姓甘恩的人的墓碑。

"嗨,你不会知道这家子的。她爸爸是乔赛亚·甘恩老头儿。这老家伙也不规矩。他当过一段时期兵,回来的时候装了一条木头腿。他老出去画画,不过大部分时间他找不到工作。那时他们在拉伊巷住在我们隔壁。我和罗茜那时常常一起去上主日学校。"

"可是她的年纪比你轻。"我带着我那年龄所特有的鲁莽脱口而出。

"她现在三十岁都过了。"

玛丽·安个子矮小,长着一个短短的翘鼻子,一口坏牙,不过脸色很好,我猜想她不会超过三十五岁。

"罗茜小不过我四五岁,不管她装成多年轻。他们告诉我说现在她浑身打扮起来了,你都认不出她了。"

"她真当过酒吧间的女招待吗?"

"真的,先是在'铁路酒店',后来在哈弗沙姆的'威尔士王子的羽毛'酒店。开始是里夫斯太太找她在'铁路酒店'的酒吧间帮忙,后来她表现太坏了,里夫斯太太不得不把她解雇了。"

"铁路酒店"是个很平常的小酒店,就开在伦敦,查塔姆和多佛铁路线车站的对面。那里面充斥着一种很不正派的欢乐气氛。如果你在一个冬天的夜晚路过酒店,透过玻璃门你可以看见男人们吊儿郎当地在酒吧间里闲逛。我的叔父非常反对这家酒店,多年来他一直在努力设法取消它的营业执照。酒店的常客是铁路搬运工、煤船船员和农业工人。布莱克斯特博有身份的居民都不屑到这家酒店去,如果他们想喝杯黑啤酒,就到"大熊钥匙"和"肯特公爵"这两家酒店去。

"为什么?她干什么事了?"我瞪大眼睛问道。

"她什么没干过?"玛丽·安说,"要是你叔叔碰见我跟你讲这些事，他不知该说什么呢。没有一个到酒店喝酒的男人，罗茜不跟他拉拉扯扯的，不管这是些什么人。她永远不会老和一个人好的，她呀，一个接一个地换男人。他们说她简直是可怕！她就是那时候勾搭上了乔治老爷的。那种酒店本来不是乔治老爷会去的地方，那地方不值他一顾，可他们说有一天他偶然因为火车误点走了进去，他在那儿见到了她。从那以后他就再没有出过这个酒店，跟那帮大粗汉子混在一起，不过当然他们都明白他为了什么去那里，可他家里有老婆和三个孩子。唉，我倒真替他老婆难过。这事引起多少闲话哟！得了，后来里夫斯太太说她对这事一天也忍受不了了，所以她付清了工资，叫罗茜打起铺盖走了。要我说，这真是丢人现眼，打发走了真是件好事。"

我很熟悉乔治老爷。他的名字是乔治·肯普。不过大家都叫他乔治老爷，这个称呼是大家嘲笑他那神气活现的架子而叫出名的。他是我们当地的煤铺老板，也搞点房产生意，同时还在一两艘煤船上有点股份。他在自己家的地皮上盖了一幢新砖房，还有自己的马车。他身材壮实，留一撮山羊胡子，穿得很漂亮，脸色红润，有一对无礼的蓝眼睛。每想到他，我就觉得他一定长得像一幅很老的荷兰油画中兴高采烈、满面红光的商人的模样。他总是穿得很花哨，当你看见他穿着配着大纽扣的浅褐色的外衣，歪戴一顶褐色常礼帽，纽扣中插一朵红玫瑰花，轻快地从大路上驾车而来时，你禁不住总要看他几眼。每到礼拜天，他就戴一顶亮亮的礼帽，穿一件礼服到教堂来。所有人都知道他想当一名教堂执事,而且很明显,他这种充沛的精力对教堂也是有用的,但我叔父说只要他还是这个教区的牧师,他就不吸收他;后来乔治老爷为了表示抗议,有一年时间跑到分离派教堂去做礼拜,尽管如此,我叔父还是固执己见,不做让步。在镇上他们俩碰见时,我叔父对他根本不理睬。后来他们和解了,乔治老爷又回教堂做礼拜了,不过我叔父只肯妥协到指定他任一个副教区委员。绅士阶层的人们认为他很庸俗,我觉得他的确很虚荣浮夸。他们嫌他说话声音太大,他的笑声刺人耳朵——当他在路的一边和什么人讲话时,你在路的另一边可以听清他讲的每个字——他们还认为他的举止粗俗得可怕。他对人过分友好,他同绅士们讲话时好像自己不是个开铺子的;他们说他非常好张扬。乔治老爷碰到人都那样亲热,他对公共事业很热心,每当为年度快艇赛或收获节联欢会募捐时,他都慷慨解囊,他随时愿意帮任何人的忙,可是如果他以为他的这些行为可以消除他在布莱克斯特博与人们之间的隔阂,那他可想错了。他所有这些表示友谊的努力遇到的却是完全的敌意。

我记得有一次,医生的妻子正来看我婶母,埃米莉进来向叔父通报说乔治·肯普先生要求会见他。

"可是我刚才怎么听见前门的铃响,埃米莉?"婶母问。

"是的,太太,他是从前门来的。"

一时间,屋子里的人都感到很窘。谁都不知道对于这样一件不寻常的事情该怎么办。就连埃米莉她也知道谁应当从前门进来，谁应当走旁门，谁又应当走后门，这时也慌了神。我的婶母是个性格温和的妇女，我觉得她确确实实对一个来访者如此地将自己置于不合常理的地位感到不知所措；可是那位医生的妻子却从鼻子里哼了一声表示她的蔑视。最后还是叔父镇静下来。

"把他带到书房去，埃米莉，"他说，"我喝完茶就来。"

但是不管人们怎么对待他，乔治老爷却总是那样兴高采烈，花花哨哨，高谈阔论，咋咋呼呼。他说整个镇子都死气沉沉的，他要把它唤醒。他要让铁路公司兴办旅游车。他认为我们这地方完全可以成为另一个马盖特游览地。他还说我们为什么不应当有个市长？费内湾就有。

"我看他是自己想当市长，"布莱克斯特博的人们噘起嘴议论着，"骄傲乃失败之母。"

而我的叔父则说你可以把一匹马拉到水边，但你没法强迫它饮水。

我还必须说明，那时我和其他所有人一样，对乔治老爷采取的是蔑视嘲笑的态度。每当他在街上直呼我的教名，叫住我和我说话，似乎我们之间并不存在社会地位的差距时，我都非常恼火。他竟然还建议我和他的儿子一起玩板球。他的几个儿子和我年龄相仿。不过他们都在哈弗沙姆上普通中学，我当然不可能和他们有任何来往。

玛丽·安对我说的那些事使我大为激动和吃惊。但我几乎难以相信她的话。我那时已经看了大量小说，在学校里也学得不少,我对于爱情已经懂得很多,但我以为那只是年轻人的事情。我不能想象一个长了胡子、儿子都和我一般大的男子还会有这种感情。我以为人一旦结了婚,这一类的感情就结束了。过了三十岁的人居然还恋爱,这使我觉得很恶心。

"你不是说他们真干了什么勾当吧?"我问玛丽·安。

"听人家说罗茜·甘恩什么都干。乔治老爷也不是和她勾搭的唯一男人。"

"可是她怎么没有生孩子呢?"

在小说里我常常读到当漂亮女人干了蠢事,她总要生个孩子。书里关于她干的事总是处理得非常谨慎的,有时候只是用一行星号来暗示,但是事情的结果却总是不可避免的。

"我看那是她运气好而不是处理得好。"玛丽·安说。这时她情绪平静下来,放下了她一直在忙忙碌碌擦干的盆子。"我看你知道得太多了点了。"她说。

"我当然知道啰,"我煞有介事地说,"见鬼,我已经长大了,不是吗?"

"我可以告诉你的是,"玛丽·安说,"里夫斯太太辞退了她以后,乔治老爷给她在哈弗沙姆的'威尔士王子的羽毛'酒店找了个工作。从此他不断坐了他那马车跑那儿去喝酒。你总不能说那儿的啤酒跟这儿的有什么不同吧。"

"那德里菲尔德为什么要和她结婚?"我问。

"别提他了,"玛丽·安说,"他是在'羽毛'酒店见到她的。我看他找不到别的女人愿意嫁给他。没有一个有身份的女孩子会要他。"

"他了解她吗?"

"你最好问他自己去。"

我不说话了。这一切都很费解。

"她现在怎么样了?"玛丽·安问,"她结婚之后我没有见过她。自从我听说她在'铁路酒店'的那些事后,我就连话都不跟她说了。"

"她看上去还不错。"我说。

"你问问她还记不记得我,看她怎么说。"

---

1 即爱德华·德里菲尔德。

Chapter

< 6 >

第六章

我差不多已经决定第二天早上和德里菲尔德夫妇一起去玩,不过我知道最好不要去问叔父我能不能去。如果他发现我已经去过,并且为此发火的话,那也没有办法。如果泰德·德里菲尔德问我有没有得到我叔父的允许,我准备对他说我征得了叔父的同意。不过其实我用不着说谎了。这天下午因为正涨潮,我去海滩游泳,叔父要去镇上办事,与我一起走了一段路。正当我们走到"大熊钥匙"酒店门口的时候,泰德·德里菲尔德从里面走了出来。他看见了我们,直接走到叔父面前。我对他那冷静的态度感到吃惊。

"您好,牧师,"他说,"不知道你还记不记得我。我小时候参加过唱诗班。我是泰德·德里菲尔德。我老父亲是沃尔夫小姐的管家。"

我的叔父是个很胆怯的人,这时候他有点惊慌失措。

"啊,记得的,你好。听到说你父亲去世时,我很难过。"

"我认识了你的小侄子。我不知道你是否同意他明天和我们一起去骑车。他一个人骑车很没意思,我明天正要去费内教堂拓一两件铜器。"

"谢谢你的好意,不过——"

叔父正要拒绝,德里菲尔德打断了他。

"我一定不让他淘气。我想他可能也愿意自己拓一两张。他会感兴趣的。我会给他几张纸和蜡,所以他不必花费什么。"

叔父的思考能力不大有连贯性,而泰德·德里菲尔德说由他花钱替我买纸和蜡这句话使他非常恼火,以至他忘记了他根本不准我和他一起去的原意。

"他完全可以自己花钱买纸和蜡,"他说,"他有足够的零花钱。他用他的零花钱买纸和蜡比他去买糖吃了生病要好得多。"

"好吧,他如果去海沃德文具店,就说买我买的那种纸和蜡,他们就知道了。"

"我现在就去。"我说。我怕叔父改变主意,所以说完就冲过了马路。

Chapter

< 7 >

第七章

除非纯粹是出于好心，否则我不知道为什么德里菲尔德夫妇那样关心我。我那时是个很令人乏味的孩子，不大爱讲话，如果我有什么地方使德里菲尔德发生了兴趣的话，那一定是不自觉的。也许他觉得我那种优越感很有趣。我认为我是放下架子才和沃尔夫小姐管家的儿子交往的，我叔父把他说成是个蹩脚文人；有一次我可能带着一丝高人一等的神情要他把他写的书借一本给我看看时，他说我不会有兴趣的，我以为他的确这样想，因此并未坚持。自从叔父那次同意我和德里菲尔德夫妇一起外出之后，他没有再表示反对我和他们来往。有时，我和他们一起去划船，有时，我们一起到某个景色秀丽的地方，德里菲尔德画一些水彩写生画。我不知道那时候英格兰的气候是否比现在好，还是那只是我少年时代的幻觉，总之，我记得那年夏天天气特别好，每天都是阳光灿烂，似乎从无间断。我开始对这波涛起伏、富饶丰满、气象万千的乡间产生了一种奇怪的深情。我们常常穿过田野，走很远很远，到一个个教堂去，拓下那些铜制雕刻、那些穿胄甲的武士和穿里面用鲸骨箍撑起的大裙子的仕女像。泰德·德里菲尔德用他那热情感染了我，我对这简单的嗜好产生了兴趣，十分带劲地拓着这些铜制品。我很得意地把我这些辛勤劳动的成果给我叔父欣赏。我猜他大概认为不管我的伙伴怎么样,只要我大部分时间花在教堂里,那就不会给我带来多少坏影响。当我们干起这工作时,德里菲尔德太太往往独自留在教堂院子里。她既不读点什么,也不缝点什么,就是无目的地在院子里闲逛;她好像可以无休止地什么事都不干而不会觉得无聊。有时候我到院子里去和她一起在草地上坐一会儿。我们聊聊我的学校,我学校里的朋友,我的教师;聊聊布莱克斯特博的人们,或者无事闲聊。她称我阿申登先生,我很满意。我想她是第一个这样称呼我的人,这使我觉得我是个成人了。我很讨厌人家叫我威利少爷。我觉得不管对谁,这都是个滑稽的名字。事实上我对自己的姓和名都很不满意,我花很多时间想给自己造个更合适的姓名。我喜欢的名字是罗德里克·雷文斯沃恩,我一遍遍用自认为和我很相称的潇洒的草体在一张张纸上练习这个签名。我还觉得卢多维克·蒙哥马利这个姓名也不错。

我不能摆脱玛丽·安告诉我的关于德里菲尔德太太的那些事。虽然我从理论上知道结婚是怎么回事,也能用最赤裸裸的语言讲出来,可是其实我并不真正懂。我觉得这种事很令人作呕,我也不怎么相信真是那么回事。就说地球吧,我明白它是圆形的,可我又明明知道它其实是扁平的。德里菲尔德太太看上去这样坦率,她的笑声这样开朗,她的举止那样年轻甚至孩子气,我不能想象她会去和那些水手勾搭,特别是会和乔治老爷那样粗俗可怕的人混在一起。她绝不是我在小说里读到过的那种坏女人。当然我也知道她并不属于"大家闺秀"这一类,她说话带布莱克斯特博口音,有时候会丢掉一个"h"音,还有的时候,她说话中的语法错误使我大为吃惊,但尽管如此,我还是禁不住喜欢她。我得出了结论,认为玛丽·安对我说的那些事纯属谣言。

有一天,我偶然向她提起玛丽·安是我们的厨师。

"她说她曾经在拉伊巷住在你隔壁。"我又说,我以为德里菲尔德太太会说她从未听说过玛丽·安这么个人。

但是她听了我的话后笑了,她的蓝眼睛闪闪发光。

"是的。她以前常带我上主日学校。那时她还经常花很大力气不让我吵闹。我听说她去牧师家工作了。没想到她还在那里!天知道我有多少年没见到她了。我挺想见见她,聊聊以前那些事情。你替我问她好,请她哪天晚上得空到我那里去,我请她喝茶。"

她的这番话又叫我吃了一惊。不管怎么说,德里菲尔德夫妇现在住在一幢住宅里,而且他们在讨论把这所房子买下来,他们还雇了一名杂工。他们请玛丽·安去喝茶是很不成体统的,也会使我很难堪。他们好像根本不懂什么事情可以做,什么事情是根本不能做的。他们常常当着我的面谈论他们过去的一些事情,这总使我非常尴尬,我觉得这些事他们连提都不该提。我一直不清楚当时我周围那些人为了使自己在别人面前显得更富有、更有身份都有些装模作样,现在当我回顾过去时,看来他们的生活的确充满了这种虚假的表现。他们生活在一个尊严的假面具后面。你从来不会看到他们穿着衬衣,把双脚搁在桌子上；女士们不到下午不露面，一露面就穿着整齐的午后服装；他们自己过日子有严格的经济计划，你从来不可能随意去拜访他们，吃一顿便饭，而当他正式宴请客人时，他们桌上的菜肴总是极其丰盛。即使他们家里遭到什么灾难，他们也还是把头抬得高高的，似乎满不在乎。要是他们中某人的儿子和一个女演员结婚了，他们从不提起这件丑事，而他的左邻右舍虽然在背后议论说这桩婚事简直可怕，但这些邻舍在与此事有关的人面前却十分小心地连剧院都不提起。我们谁都知道格林考特少校的妻子曾经做过生意，他们现在住在三角墙别墅，但是无论是少校本人还是他的妻子对这件不光彩的事从来连提都不提；而我们大家虽然在他们背后嘲笑他们，可是当他们在场时我们连陶器都不提起（这正是格林考特太太富裕收入的生意来源）。还听说过这样的事，有的父母和儿子断绝一切经济来往，一分钱也不再给他，或者告诉他们的女儿（她像我母亲一样嫁给了一个律师）再也不准上门去玷污他们的门风。对这类事情，我已习以为常，觉得是天经地义的。使我真正大吃一惊的是听泰德·德里菲尔德自己谈到他曾在霍尔本的一家饭馆里当过侍者，而他说起这件事时的神情好像当个侍候人的侍者是世界上最普通的事。我知道他曾经逃跑，过了一段海上生活；可这是很罗曼蒂克的举动；不管怎么说，我在好多小说里读到过小伙子们常常这么干，他们经历了许多激动人心的遭遇，最后和一个拥有万贯家私的伯爵女儿结婚；可泰德·德里菲尔德并不是这样的，他后来在梅德斯通赶过出租马车，还在伯明翰当过售票员。有一次,我们三人骑车路过铁路酒店时,德里菲尔德太太竟随随便便地提到她曾经在这个酒店里工作过三年,就好像这是任何人都可能干的工作。

"那是我第一个干活的地方,"她说,"后来我去哈弗沙姆的羽毛酒店了,一直到我结婚才离开那里。"

说完,她放声大笑,似乎这是很愉快的回忆。当时我窘得不知道该说什么,也不知道该朝哪边看,我的脸涨得通红。还有一次,我们骑车跑得很远,回来时途经费内湾,那天天气很热,我们三人都感到口渴,德里菲尔德太太建议到海豚酒店去喝杯啤酒。喝酒的时候,她和柜台后面的女招待聊起天来,当我听她对那女孩说她也曾有五年时间干过这一行时,我实在是目瞪口呆了。后来,店主出来招呼我们,泰德·德里菲尔德竟请他一起喝一杯,而德里菲尔德太太还邀请那个女招待喝杯红葡萄酒,接着他们亲切地交谈起来,谈他们卖酒这个行业,谈那些专销某类酒的酒铺,还谈物价怎么不断上涨。他们聊得很起劲,而我站在一旁,身上一阵热一阵冷,不知所措。当我走出酒店时,德里菲尔德太太说:

"泰德,我挺喜欢那个女孩子。她应该能搞得不错的。我刚才跟她说,干这一行是挺不容易的,不过倒也挺快活。可以见不少世面,我注意她手上戴着个订婚戒指,不过她说她是故意戴这么个戒指让那些家伙逗她的。"

德里菲尔德哈哈大笑。他的妻子转向我说:

"我当女招待那会儿,真是挺快活的。不过当然谁也不能老干下去,你还得想想自己将来怎么办。"

但是,使我更为震惊的事还在后头。那是九月中旬,我的暑假快要结束了。我当时已满脑子都是德里菲尔德夫妇,可是每当我想在家里谈谈他们俩的时候,叔父总把我顶回去。

"你用不着整天想把你的那两个朋友硬塞给我们,"他说,"比他们更适当的话题有的是。不过既然泰德·德里菲尔德出生在这个教区,你们又差不多天天见面,我想他有时可以到教堂来。"

有一天我把叔父的意思告诉了德里菲尔德:"我叔叔希望你们到教堂去。"

"好吧。下星期日晚上咱们去教堂怎么样,罗茜?"

"我随便。"她说。

我告诉了玛丽·安,德里菲尔德夫妇要来教堂。那天我坐在乡绅们后面牧师家人的座位上,不便四处张望,可是从过道那边我的邻座们的反应中我知道他们来了。第二天我一有机会就问玛丽·安是否看见他们了。

"看见了。"玛丽·安不高兴地说。

"后来你跟她说话了吗?"

"我跟她说话?"她突然大发脾气,"你快出发。你整天缠着我干什么?你老在这里碍手碍脚,我还怎么干活?"

"好吧,"我说,"别发火。"

"我真不懂你叔叔怎么能允许你跟这种人到处跑,混在一起。她帽子上插了一大堆的花。我真奇怪她这样抛头露面也不害臊。快走吧,我忙着呢。"

我不知道玛丽·安为什么这样恼火。不过后来我再也不对她提起德里菲尔德太太了。可是两三天之后的一天,我碰巧到厨房去拿东西。叔父的住宅有两个厨房,一个小的是做饭的,那个大厨房,可能是因为当初牧师家庭人口很多才盖的,同时也为了便于举行盛大的宴会宴请周围的乡绅。现在这个大厨房成了玛丽·安的起居室,她干完了一天的事就在那里坐下来做她的针线活。这天我们八点钟吃晚饭,是冷餐,所以下午喝过茶后,她就没有多少事情了。快近七点了,天渐渐黑下来。那天晚上埃米莉休息出门了,所以我以为玛丽·安是一个人在厨房里。可是我在过道里就听见说话声和笑声。我猜想有人来看望玛丽·安。屋里点着灯,不过因为有个厚厚的绿色灯罩,所以厨房里很昏暗。我看见桌上摆着茶壶、茶杯。玛丽·安显然和她的朋友在喝一杯晚茶。当我推门进去的时候,屋里的谈话停止了,我听到一个人说:

"晚安。"

玛丽·安的朋友原来是德里菲尔德太太,我实在吃了一惊。玛丽·安向着我吃惊的神情笑了笑。

"罗茜·甘恩来和我一起喝杯茶,"她说,"我们在谈老早以前的事呢。"

玛丽·安对于我闯进去发现她和德里菲尔德太太在一起感到有点不好意思,不过更加不好意思的是我。而德里菲尔德太太却非常从容地朝我笑着,那是一种她所特有的带有孩子气的调皮的微笑。不知出于什么原因，我注意到她的穿着，也许是因为我从未见到她穿得这样华丽。她的衣服是浅蓝色的，腰身卡得很紧，耸着高高的袖子，裙子很长，底部是打褶的荷叶边。她戴一顶很大的黑色草帽，上面点缀着一大堆玫瑰花和叶子以及蝴蝶结。显然这就是星期日她去教堂时戴的那顶帽子。

"我要是在家坐等玛丽·安来看我的话，可能一直要等到世界末日，所以我想最好还是我来看她。"

玛丽·安不好意思地笑着，不过看起来她并没有不高兴。我向她拿了我当时所要的什么东西以后，赶快走出了厨房。我走进花园，无目的地溜达着。我走到花园门口，望着外面的大路。夜已经降临。不久我看见一个人沿路走了过来。开始他并未引起我的注意，但是这个人在花园外边来回走着，似乎是在等待什么人。我以为那是泰德·德里菲尔德，我差一点跑出大门去招呼他，正在这时他停住了脚步，点着了烟斗；我看清了原来他是乔治老爷。我不懂他在这里走来走去干什么，这时我突然想到他是在等德里菲尔德太太。我的心剧烈地跳着，虽然当时我在暗处，我还是退到了矮树丛的阴影里。我又等了几分钟，这时我听到边门开了，玛丽·安送德里菲尔德太太出来。我听到了她走在石子道上的脚步声。她走到花园门口，在推开园门时，门发出了咔嗒一声响声。乔治老爷听到了，他穿过大路，德里菲尔德太太还没来得及走出大门，他就溜了进来，他拥抱德里菲尔德太太，紧紧地搂着她。她低声笑着。

"小心我的帽子。"她悄声说。

他们离我只不过三英尺，我胆战心惊怕被他们发现。我也为他们害臊。我激动得浑身颤抖。乔治老爷把德里菲尔德太太在怀里搂了有一分钟。

"进花园去怎么样？"他悄悄地问。

"不行；那孩子在那儿。咱们往田里走。"

乔治老爷一手搂着德里菲尔德太太的腰，和她一起走出了花园门，消失在暮色中。我的心猛烈地跳着，我几乎感到喘不过气来。我对刚才所见到的事情实在太吃惊了，不知道该怎么想才好。要是能把这事告诉什么人，那实在太妙了，不过那是件秘密，我必须保密。我对于自己竟然掌握这样重大的秘密感到十分激动。我慢步走回去，从边门进了我们的房子。玛丽·安听到了开门声，就叫我了。

"是你吗，威利少爷？"

"是我。"

我朝厨房里看了一眼。玛丽·安正在往盘子里放我们的晚餐，准备拿进餐厅。

"我不准备告诉你叔叔罗茜·甘恩来过这里。"她说。

"喔，不要说。"

"我还真没料到呢。我听见有人敲门，开门一看，是罗茜站在那儿，那会儿我差点没吓得栽个跟头。她冲着我叫'玛丽·安'。我还没闹清她干吗来，她就抱着我的脑袋亲个没完。我没法儿，只好请她进来。她到了屋里，我又只好请她喝杯茶。"

玛丽·安急于向我做解释。她以前在我面前讲过德里菲尔德太太那么多坏话,现在我看见她们坐在一起又说又笑,她觉得很不自在。不过我并不愿意在她面前摆出洋洋得意的样子。

"她还不那么坏吧?"我说。

玛丽·安笑了。她虽然有一口坏黑牙,但她的微笑还是很甜美动人的。

"我说不上来是怎么回事,可她身上有那么点让你没法不喜欢她的东西。她在这儿待了快一个钟头,说真的,她一点没摆架子。她亲自告诉我说她那身衣料十三镑十一先令一码,我想这是实话。她什么都记得,她记得她还是个小不点儿的时候,我怎么给她梳头的,吃茶点前怎么叫她去洗她那小手的。你知道,那会儿,她妈有时候叫她到我们家来和我们一块吃茶点。那时候她才漂亮呢。"

玛丽·安在回首往事,从她那显得有点滑稽的布满皱纹的脸看来,她在逐渐陷入沉思。

"嗨,反正啊,"她停了一会儿又接着说,"我敢说,好多人要是什么事都让人家知道的话,也比罗茜好不到哪儿去。不管怎么说,比起好多人来,她受到更多的诱惑。那些个对她说东道西的人要是碰上机会的话,恐怕也会跟她差不离儿。"

Chapter

<8>

第八章

天气突然变化，大雨倾盆，温度骤降。我们的远足只得停止了。我对此并不感到遗憾，自从那天见到德里菲尔德太太和乔治·肯普的幽会之后，我真不能想象我怎么还能正眼看她。我倒并不是被这件事吓坏了，我更感到的是惊奇。我弄不懂她怎么会喜欢让一个上年纪的老头亲吻她，于是，一些离奇古怪的念头闪过我的脑海，我想起了我看过的那些小说，我想大概是乔治老爷手里掌握着什么德里菲尔德太太的可怕的隐私，所以他把她控制在自己手里，强迫她接受他那令人厌恶的拥抱。我想象着各种可怕的把柄，也许是重婚，也许是谋杀，也可能是伪造。书本里的那些恶棍差不多都会威胁那些倒霉的女人，如果不服从他们，他们就要揭露她们的罪行。德里菲尔德太太可能在一张什么票据背面签了字，答应给人担保；我其实从来也不懂这种在背面签字的票据是什么意思，不过我知道这种事情的后果是灾难性的。我自我陶醉地想象着她的痛苦（她可能经常彻夜不眠，穿着睡裙，呆坐窗前，她那长长的美发垂到双膝，她绝望地凝视窗外，等待黎明的来临），我又想象我自己（不是一个一星期领六便士零花钱的十五岁的男孩，而是一个身穿无懈可击的晚礼服，留着上油蜡的胡子，长着钢铁般肌肉的高个男子汉）兼备着英雄主义和机智敏捷，把她从敲诈勒索者的桎梏下解救出来。可是我回过头来想想,德里菲尔德太太又好像并非十分不情愿地屈从于乔治老爷的抚爱,我的耳边不断响起她当时的咯咯笑声。这声音里带着一种我以前从未听到过的调子。它给我一种奇怪的感觉,使我觉得喘不过气来。

在剩下的那段假期中,我和德里菲尔德夫妇仅在镇上碰见过一次。他们看见了我,停下来和我说了一会儿话,我突然又觉得非常不好意思起来。当我看着德里菲尔德太太时,我很窘迫,脸不禁一下子涨得通红,因为她脸上的表情没有一丝一毫显示她心中藏有罪恶的秘密。她用她那温柔的蓝眼睛看着我,眼神中流露出一种小孩子调皮捣乱的神情。她常常微微张着嘴,似乎她正要朝你微笑,她的双唇丰满红润。你从她的脸上可以看到诚实、天真和真诚坦率。这一切虽然当时的我还不知如何来表达,但我的感受却是很深的。如果那时我要用言语来表达的话,我肯定会说:她看上去是再老实也没有了。她不可能和乔治老爷有任何私情。一定有什么原因;我对自己亲眼所见都不相信了。

后来,假期终于结束了,我该回学校了。马车夫把我的箱子运走后,我自己步行去车站。我没有让婶母送我,我觉得自己一人独自去车站更有男子汉气概,但我沿街走着时情绪很不好。那是去泰肯伯里的一条支线,车站在镇的另一头,靠近海边。我拿了车票,在三等车厢的角落里找了个座位坐下。突然,我听到有人在喊:"他在这儿呢。"接着我就看见德里菲尔德夫妇高高兴兴地跑了过来。

"我们想应该来送送你,"她说,"你要走了,心里难过吧?"

"没有,一点没有。"

"嗨,不会太长的。等你圣诞节回家时,咱们时间多着呢。你会溜冰吗?"

"不会。"

"我会。到时候我教你。"

她那兴高采烈的样子使我也高兴了起来,他们夫妇竟跑到车站来和我告别,这使我感动得嗓子发哽。我竭力控制自己,不让这种激动形之于色。

"这学期我大概有不少时间打橄榄球,"我说,"我总可以进入校队的乙级队了。"

她那温和闪亮的眼睛在看着我,她那丰满红润的嘴唇在微笑。她的微笑中有某种我一直觉得我很喜欢的东西,而她的声音中像是颤动着欢笑或泪水。有那么一会儿,我特别害怕她会要吻我。想到这点,我真是吓得魂不附体。她不停地讲着话,她的态度稍带一些那种成年人对待孩子的滑稽神情。在她滔滔不绝讲话时,德里菲尔德一直站在一旁,一言不发。他微笑着看着我,一边捋着胡子。后来车站的警卫吹响了哨子,挥动着小红旗。德里菲尔德太太握住我的手。德里菲尔德走上前来。

"再见了,"他说,"这是我们的一点意思。"

他把一个小纸包塞在我手里,这时火车起动了。当我打开纸包时我发现里面是两枚两个半先令的钱币,外面包了一张手纸。我的脸一下子红到了耳根。我对于能多五个先令的零用钱是高兴的，但是我非常气愤泰德·德里菲尔德竟敢给我赏钱，我深感自己受了侮辱。我不可能接受他的任何赏赐。的确，我曾和他们一起骑过车，划过船，但是他并不是什么洋大人（我是从格林考特上校那里听说这个称呼的）。他给我五个先令，这完全是对我的侮辱。起初，我打算一字不写就把这钱寄还给他，以表示我对他失礼的愤慨，后来我又在头脑中草拟了一封很有尊严的冷淡的信件，信中说我谢谢他的慷慨，但是他应当知道一个绅士是不可能从一个几乎完全是陌生人的手里接受任何赠款的。我来回想了两三天，可是越想越不容易放弃这两枚钱币。我想德里菲尔德的本意是友好的，当然他不大懂礼节，不太会做事，但是如果我把钱寄回去，那是会很伤他的感情的。最后，我把这五个先令花掉了。但是我未给他们去信表示感谢，以宽慰自己被损害的自尊心。

尽管如此，当我这年圣诞节回家度假时，我最迫切想见到的还是德里菲尔德夫妇。在布莱克斯特博这个一潭死水般的小地方，唯有他们似乎还和外界天地有某些联系，而当时我已开始对这个梦境般的天地产生了热切好奇的兴趣。可是我又总无法克服自己怕难为情的毛病，因此总鼓不起勇气去拜访他们，我希望我能在镇上碰见他们。这年冬天天气特别恶劣，街上狂风刺骨，偶尔有几个妇女不得不上街办事，她们的厚裙被刮得像暴风雨中的渔舟的满帆。冰冷的雨点被狂风卷起。夏天时，这里的天空把小镇照耀得如此温和舒适，而如今它却像一块巨大的幕布带着可怖的威胁压向大地。在这种气候下，很难有希望在街上碰见德里菲尔德夫妇,于是有一天我终于鼓足了全身的勇气,下午喝过茶就溜出了家门。从我家到车站那段路漆黑一片,到了车站才有几盏昏暗的街灯,靠着它们的微光还可以辨认出人行道。德里菲尔德家是在一条胡同里的一幢两层楼的小房子,外面是发了黑的黄砖,窗户是圆拱形的。我敲门之后,一个小侍女出来开门,我问她德里菲尔德太太在不在家。她似乎拿不定主意似的看了我一眼,然后叫我在过道里等候,说她进去看看。我已经听到隔壁房里的说话声,但是当侍女开门进去并关上门后,说话声就停止了。我产生了一丝神秘的感觉;我到叔父的朋友家拜访时,即使家里没有生火,要临时点上煤气炉,他们也要请你到客厅里坐下。过了一会儿,门开了,德里菲尔德走出来。过道里光线很暗,所以他开始看不清来客是谁,不过他很快就认出我了。

"啊,是你呀!我们正在想什么时候才能见到你呢。"他朝房间里喊着,"罗茜,是小阿申登。"

里面有人叫了一声,一眨眼,德里菲尔德太太已经跑到了过道里,和我握手了。

"快进来,快进来。把外衣脱了。这天气实在太可怕了,你快冻坏了吧。"

她帮我脱下大衣,解下围巾,抢过我手里的帽子,把我拉进了房间。房间很小,摆满了家具,屋里生着火,十分闷热;他们有煤气,我叔父家还没有,三盏灯蒙着闷光玻璃灯罩,发出刺眼的亮光。屋里空气很坏,被烟草弄得烟雾腾腾。开始时，我被这热情洋溢的欢迎搞得晕头转向，所以当屋里原来坐着的两个人站起来时我没有认出是谁。但我很快就看清了他们俩一个是副牧师加洛韦先生，另一个是乔治·肯普老爷。我觉得副牧师和我握手时有点局促不安。

"你好啊！我来还几本德里菲尔德先生借给我看的书，德里菲尔德太太邀请我留下来喝茶。"

与其说我看见了还不如说我感觉到了德里菲尔德用一种奇怪的眼光看了一下加洛韦先生，然后说了一句关于不义之财之类的话，好像是从什么地方引用的，不过我并不懂它的真正意思。加洛韦先生却大笑起来。

我觉得加洛韦的话很有些低级趣味，不过这时乔治老爷缠住我了。他可一点没有拘束之感。

"嗨，小伙子，回家过假期了？天哪，你可快长成个大老爷了。"

我冷淡地和他握了手，心里想还不如不到这里来呢。

"喝杯浓茶吧。"德里菲尔德太太说。

"我在家吃过茶点了。"

"再吃点吧，"乔治老爷说话的神气好像他是这里的主人（这是典型的乔治老爷的作风），"像你这么个大小伙子再吃一块黄油果酱面包肯定不在话下。德里菲尔德太太的小手要亲自为你切块面包。"

茶具还留在桌上，屋里的人正围坐在桌旁，他们给我添了把椅子，德里菲尔德太太给了我一块蛋糕。

"我们正在要泰德给大家唱支歌呢,"乔治老爷说,"来吧,泰德。"

"唱一支《都因为爱上了一个大兵》,泰德,"德里菲尔德太太说,"我爱那支歌。"

"不好,还是唱《我们拿他当拖把》。"

"你们要不当心点,我两首都唱。"德里菲尔德说。

他拿起了小钢琴上的班卓琴,调好了音就唱了起来。他有一副很好的男中音嗓子。我对于这里的人们唱歌是很习惯的。有时候我叔父的牧师住宅举行茶点会,有时候我到上校或者医生家去做客,人们一般都带上自己的乐器。他们往往把乐器留在外厅以免让人觉得他们有意让别人请他们弹奏或唱歌;但是吃完了茶点,女主人总要问他们是否把乐器带来了。而他们又总是很不好意思地承认他们带来了,如果是在牧师住宅,叔父总是派我去把它拿进来。有时年轻的小姐会推托说她已经很久没有练了,身边也没带乐器,而这时她的母亲就会插进来说她替女儿把乐器带来了。不过这些人唱的都不是滑稽歌曲;他们经常唱的是《流浪汉之歌》或是《晚安,最亲爱的》,或是《我心中的人儿》。有一次在市政大厅的年度音乐会上,绸布店老板史密森唱了一支滑稽歌,虽然坐在后排的人们热烈鼓掌,前排的绅士们却一点不觉得有趣。也可能这支歌真的没多少趣味,不过在下一次音乐会之前,有人给绸布商打招呼要他选歌曲的时候小心点("别忘了有女士们在场,史密森先生"),所以他改唱了《纳尔逊之死》。这一天德里菲尔德唱的第二个小曲有合唱部分，副牧师和乔治老爷兴致勃勃地加了进去。后来我曾多次听到这个小曲，但是我现在只能回想起其中的四句歌词：

> 我们开始拿他当拖把，
> 　把他拉上楼梯又拖下。
> 后来我们又让他在屋里转，
> 　伸到桌底下又往椅上拉。

他们唱完后，我拿出最客气的态度转向德里菲尔德太太。

"你不唱歌吗？"我问。

"我唱倒是唱，不过常常叫人听得难受，所以泰德不鼓励我唱。"

德里菲尔德放下班卓琴，点着了烟斗。

"我说你那书写得怎么样了，泰德？"乔治老爷高兴地问。

"还不错，正在写呢。"

"泰德老兄和他的大作，"乔治老爷边笑边说，"你干吗不换换样子好好找点什么像样的工作干干？我给你在我的办公室安排个事情吧。"

"我现在很好嘛。"

"乔治，你让他去，"德里菲尔德太太说，"他就是喜欢写东西，要我说，只要这能让他高兴，那就让他去吧。"

"当然，说实话我对书本是一无所知的。"乔治·肯普说。

"那咱们就别谈书了。"德里菲尔德微笑着打断了他的话。

"我并不认为任何人因为写了《美港》这本书就需要感到羞愧,"加洛韦说,"我也不在乎那些评论家说什么。"

"呃,泰德,我从小就认识你,可是就是我也无论如何看不下去你那本书。"

"得了,得了,咱们别再谈书了,"德里菲尔德太太说,"再给我们大家唱一支吧,泰德。"

"我得告辞了,"副牧师说。他转向我,"咱俩一路走吧。德里菲尔德,有什么书可以借我读读?"

德里菲尔德指指墙角一张桌子上堆得高高的一叠新书。

"你自己挑吧。"

"天啊,这么多呀!"我贪婪地看着这堆书。

"嗨,全是无聊的东西。都是寄来要我写书评的。"

"你怎么处理这些书呢?"

"把它们带到泰肯伯里,看能值些个钱就把它们卖了。卖的钱可以帮我付肉铺的账呢。"

我和副牧师走出德里菲尔德家,他的腋下夹着好几本书。他问我:

"你到这里来告诉你叔叔了吗?"

"没有。我出来散步,突然想到我不妨来看他们一下。"

这当然不那么真实,不过我不想告诉加洛韦先生虽然我已经几乎长成大人,可是我叔叔却认识不到这点,他还照旧可以不准我和那些他不喜欢的人交往。

"要是我是你的话,除非不得已,否则就不会去告诉他。德里菲尔德夫妇是很不错的人,可是你叔叔看不惯他们。"

"我知道,"我说,"这实在没道理。"

"当然他们比较粗俗,不过他写的东西还不坏,而且如果你考虑到他的出身,那么他能写作就已经很了不起了。"

我很高兴摸到了加洛韦的底。他显然不愿意让叔父知道他和德里菲尔德夫妇有友好往来,我可以尽管放心他绝不会告发我。

自从那时到现在,德里菲尔德早已被公认是维多利亚时代后期最杰出的小说家之一了,而回想当初我叔父的副牧师曾以那种高人一等的口气谈论过他,的确会使人不禁发笑;但那时在布莱克斯特博,人们的确是普遍用这种态度谈论他的。还记得有一次我们到格林考特太太家去喝茶,她的一个表姐妹那时正住在她家,这个表姐妹的丈夫是位牛津大学的老师,人们对我们说这位太太很有文化修养。我们叫她恩科姆太太,小小的个子,脸上皱纹很多,带着一种急切的神情,头发花白;她使我们大吃一惊,因为她留着短发,她穿的黑哔叽裙子的长度竟然只是稍稍超过她那方头靴子的边缘。她是我们布莱克斯特博人所见到的第一个新女性。我们在她面前语不成句,非常被动,因为她看上去很有知识,这就使我们都不好意思起来。(不过事后我们大家全都嘲笑她,我的叔父对我婶母说:"亲爱的,谢天谢地你不聪明,至少使我免受那种罪。"而婶母听了就开玩笑地把正放在炉火边上烘暖的叔父的拖鞋拿起来,放在她靴子上说:"看,我也是新女性。"接着我们大家说:"格林考特太太实在荒唐,谁知道她下次会干出什么事来。不过当然她自己还并不太那个。"我们无法忘掉她的出身,她父亲是做瓷器的,她的祖父是个工场工人。)

尽管如此,我们大家却仍然很喜欢听恩科姆太太谈论她所熟悉的人。我的叔父曾是牛津的学生,可是他所问到的人似乎全都死了。恩科姆太太认识汉弗莱·沃德夫人,并且十分赞赏她所著的《罗伯特·埃尔斯米尔》[1]一书。叔父认为这是本非常糟糕的书,他很吃惊至少自称是基督教徒的格拉德斯通先生竟也赞扬此书。他们为此颇争论了一番。叔父说看这种东西会搅乱人们的思想,使人产生各种不好的念头。恩科姆太太说叔父要是认识汉弗莱·沃德夫人的话,他就不会这样想了。沃德夫人是个品德高尚的妇女,马修·阿诺德[2]的侄女,不管你对她的作品评价如何(恩科姆太太也很乐意承认其中某些章节最好不写),可以肯定的是沃德夫人写这本书是出于十分高尚的动机。恩科姆太太还认识布劳顿小姐[3],她出身于一个很好的家庭。她后来竟写了那样的书实在令人不解。

"我倒并不觉得她的书坏到哪里去,"医生的妻子海福思太太说,"我挺爱读,特别是她的《她像玫瑰一般红》。"

"你愿意你的女儿读这些书吗?"恩科姆太太问。

"可能目前我不赞成她们看,"海福思太太说,"不过她们结婚以后我就不反对她们看了。"

"那么你可能有兴趣知道,"恩科姆太太说,"上次复活节我在佛罗伦萨时,有人介绍我认识了维达[4]。"

"这可是另一回事，"海福思太太说，"我不相信任何有身份的女士会去看维达写的书。"

"我出于好奇看过一本，"恩科姆太太说，"我必须承认这种书不像出自一位英国女士之手，倒像是一个法国男人所写。"

"喔，不过我想她并不是真正的英国人。我听说她的真名叫拉妮小姐。"

就在这时，加洛韦先生提到了爱德华·德里菲尔德。

"你知道现在我们这里还住着个作家呢。"他说。

"我们并不为此自豪，"上校说，"他是老沃尔夫小姐管家的儿子，还跟一个女招待结了婚。"

"他会写书吗？"恩科姆太太问。

"你可以一眼判断他并不是位绅士，"副牧师说，"不过要是想想他所要克服的种种不利条件，那他能写出现在这些作品也就很了不起了。"

"他是威利的朋友。"叔父说。

所有的人都转过来看我，使我感到很不自在。

"夏天的时候他们曾经一起骑车，威利开学回学校之后，我从图书馆借了一本他写的书，想看看他到底写了点什么。我只看完了一卷就把书还掉了。我给图书馆馆长写了封措辞相当强硬的信，后来我很高兴听说他停止出借德里菲尔德的这本书了。如果这本书是我自己的，那我早就扔进厨房炉子里把它烧掉了。"

"我也看过一本他写的书，"医生说，"倒是挺有意思的，因为故事的背景就是咱们这个地方,有些人物我都可以认得出是谁。不过我说不上喜欢这书;我觉得他没有必要写得这样粗俗。"

"我把这种意见告诉过他本人,"加洛韦先生说,"可是他说,那些去纽卡斯尔的煤船上的工人、渔民和农夫并没有女士先生们的举止,也不像他们那样谈话。"

"可是他为什么一定要写这些人呢?"我叔父说。

"我就是这么说嘛,"海福思太太说,"我们当然知道世界上有一些粗俗、奸诈、罪恶的人,但是一个作家去写这些人有什么好处呢?"

"我并不是替他说话,"加洛韦先生说,"我只是向你们转述他是如何为自己辩解的。后来他当然还抬出了狄更斯[5]。"

"狄更斯可不一样,"叔父说,"谁也不会对《匹克威克外传》[6]有什么反对意见。"

"这大概是各人的喜爱不同,"我婶母说,"我总觉得狄更斯的作品太粗俗。我不爱读那种说话丢掉'h'音的人物的故事。我真高兴最近天气很坏,威利不可能再和德里菲尔德先生一块儿去骑车了。我觉得威利不应当和他这种人搞在一起。"

这时我和加洛韦先生两人都不禁垂下了眼光。

1 汉弗莱·沃德（Humphry Ward 1851—1920）：英国小说家、社会活动家、慈善事业家，其最著名的小说为《罗伯特·埃尔斯米尔》，于1888年出版。
2 马修·阿诺德（Matthew Arnold 1822—1888）：英国诗人、散文家、评论家、教育改革家。
3 布劳顿（Rhoda Broughton 1840—1920）：英国小说家。
4 维达（Ouida）是 Marie Louise De La Ramée（1839—1908）的笔名，英国女作家，生于英国，但其父为法国人，维达一生共写过四十五部小说，主要描写上流社会生活，表现了作者反抗旧道德观念的精神。
5 狄更斯（Charles Dickens 1812—1870）：英国19世纪著名作家。
6 狄更斯的名著之一。

Chapter
< 9 >

第九章

在布莱克斯特博并不太狂热的圣诞节气氛中，我只要一有空就到公理教会隔壁德里菲尔德的小房子去。我经常在那里碰到乔治老爷和加洛韦先生。我们之间的秘密协议使我和加洛韦成了朋友，当我们在牧师住宅或是做完礼拜后在教堂外厅碰见时，我们诡秘地互相交换一下眼色。我们不谈我们之间的秘密，但我们觉得这种日子特别有趣；我想使我们两人都特别得意的是，我们把叔父给愚弄了。有一次我突然想到如果乔治·肯普在街上碰见我叔父，也许他会无意中告诉叔父他经常在德里菲尔德家和我在一起。

"乔治老爷会不会说出去？"我问加洛韦先生。

"没事，我打招呼了。"

我们都笑了。我慢慢开始喜欢起乔治老爷了。开始的时候，我对他非常冷淡，极有礼貌，可是他却似乎并未意识到我们之间社会地位的区别，这使我不得不得出结论，我那种傲慢的态度并未能使他按自己的社会地位行事。他总是那样热情待人，乐乐呵呵，有时还高兴得吵吵嚷嚷；使用他那种粗俗的话逗我，我用我那学生腔的幽默回敬他；我们常常使别人哈哈大笑，而这些都使我对他逐渐产生好感，同他接近。乔治老爷没完没了地吹嘘他脑子里的那些伟大规划，不过我讲笑话的时候，他一般都牺牲了自己的宏伟的想法听我讲话。乔治老爷讲起布莱克斯特博的名流们时特别有趣，这些人在他的描述中都是傻瓜，当他模仿起他们的古怪动作时，我总忍不住放声大笑。他说起话来总是大声嚷嚷，他的举止也很俗气，还有他的穿着打扮总是把我吓一跳（我从来没去过新市场，也没见过驯马师，不过我想象中的驯马师就是乔治老爷这副打扮），另外他吃东西的样子也很令人讨厌，但是我却发现我对他的反感越来越少。他每周给我一份《粉红周报》[1]，我把它小心地藏在大衣口袋里带回家去，一个人在卧室时拿出来看。

我总是在家里吃完茶点去德里菲尔德家，到了那里我总能设法再吃下去一顿茶点。喝完茶，泰德·德里菲尔德给大家自弹自唱滑稽歌曲，有时他弹班卓琴，有时则是钢琴。他相当近视，唱歌时两眼盯住乐曲，一次就唱上一个小时；他脸带微笑，喜欢叫我们在合唱部分和他一起唱。我们还在一起玩惠斯特牌。这种纸牌游戏，我早在孩提时代就学会了，叔父、婶母和我三人在漫长的冬夜就常常玩这种牌。叔父总是做明家，虽然我们是自己家里人消遣玩玩，可是要是婶母和我输了，我总要躲到餐桌下面大哭一场。泰德·德里菲尔德从来不玩牌，他说他没有这种才能，所以我们一开始玩，他就去坐在火旁，拿上一支铅笔，开始读一本伦敦寄来要他写书评的书。我从来没有和三个人一起玩过这种牌，当然玩得很不好，可是德里菲尔德太太却好像天生会玩牌。她平时的举止从容自若，可是一玩起牌来，就非常敏捷。她把我们三个人全打得落花流水。一般她打牌时很少讲话，要讲话也讲得很慢，但是当玩完一副牌后，她常常不厌其烦地耐心向我讲解我什么地方打错了，她不仅讲得非常清楚，而且滔滔不绝。乔治老爷跟她开玩笑就像他跟别人开玩笑一样；她则总是朝他微微一笑，她很少放声大笑，有时她也很干脆地回敬乔治老爷一句。他们的举止并不像情人，而像很熟悉的朋友，要不是因为有时候我看到德里菲尔德太太用一种异样的目光看着乔治老爷，这种表情使我感到很尴尬的话，我就差不多会把我过去听说过的他们之间的事情和我亲眼所见的事忘掉了。她的眼睛静静地盯住乔治老爷，似乎他不是个活人而是一张椅子或桌子，而在她的这种眼神里，又总是带着一丝孩子般淘气的微笑。这时我会注意到，乔治老爷的脸好像突然涨红了，身子在椅子里局促不安地移动着。我马上看一眼副牧师，生怕他会注意到什么，可是他每次要么在专心看牌，要么在点烟斗。

　　我几乎每天要在这间烟雾弥漫、又闷又热的小房间里度过的一两个小时像闪电般地过去了，假期即将结束，想到我又要回学校去过三个月枯燥无味的生活，我感到很沮丧。

　　"你不在了，我们真不知日子怎么过，"德里菲尔德太太说，"我们只好玩明牌了。"

　　我心中暗暗高兴，我一走，他们的牌局也拆了。我不愿意在我做功课的时候想到他们几个人正坐在这小屋里玩得兴高采烈，就像我根本不存在一样。

　　"你复活节放几天假？"加洛韦先生问。

"大概三个星期。"

"咱们要好好玩玩,"德里菲尔德太太说,"那时候天气该好了。咱们早上可以出去骑车,下午茶点后咱们玩惠斯特。你的牌艺进步多了。如果在你复活节假期中和我们一星期玩上三四次,你以后准保可以和任何人打得一样好。"

1 《粉红周报》(Pink Un)为二十世纪二三十年代伦敦出版的一种关于赛马的小报,用粉红色的纸印行,故名。

# Chapter
< 10 >

第十章

假期终于盼到了。我兴高采烈地在布莱克斯特博站跨出了火车。这几个月里我稍稍长了点个子，我在泰肯伯里做了一套新衣服，是蓝哗叽的，样子很漂亮，我还买了一条新领带。我打算在家吃过茶点马上就去看德里菲尔德夫妇，我特别相信搬运夫能及时把我的箱子送到，我可以穿上我的新装。那套衣服使我看上去颇像个大人。我已经开始每天晚上在上嘴唇上面涂凡士林油，让胡子快点长出来。穿过小镇的时候，我朝德里菲尔德住的那条街看去，希望能碰见他们。我很想顺路进去打个招呼，不过我知道德里菲尔德早上是写作时间，而且德里菲尔德太太上午没有打扮，"不宜见客"。我有好多特别有趣的事要告诉他们。我在百米赛中得了优胜，跳栏比赛我名列亚军。我打算争取夺得夏季的历史奖，所以在这次假期中我准备突击攻读英国历史。那天虽然刮着东风，可是天空蔚蓝，空气中已带有一丝春天的气息。镇上的大街被东风吹得异常洁净，轮廓分外清楚，像一支新的画笔所勾画的一幅图画，现在回想起来那情景就像塞缪尔·斯科特的一张画，安详、纯洁、亲切；不过在当时我只觉得它就是布莱克斯特博普普通通的一条大街。当我走过铁路桥的时候，我看到两三幢新房子正在兴建。

"好家伙！"我对自己说，"乔治老爷真干起来了。"

在远处的田野里一群小白羊羔正在嬉戏，榆树刚刚开始吐绿。我从旁门进了叔父家。叔父正坐在炉火边围椅中读《时代报》。我大声叫婶母，她从楼上跑下来，干瘪的双颊由于见到我很激动而泛起了两朵红晕，她用她衰老瘦弱的双臂搂住了我，说了一大堆我爱听的话。

"你长了多少啊！""老天爷，你都快长胡子了！"

我吻了吻叔父秃了的前额。我站在炉火前，双腿叉开，背朝火炉，我的样子看上去真是个大人了，站在那里能高人一头。我上楼去和埃米莉打了招呼，又跑到厨房去和玛丽·安握手，最后到花园里去看了看花工。

坐下来吃饭的时候我已经饿极了，叔父在切羊腿肉，我问婶母：

"我不在的时候布莱克斯特博有什么新闻？"

"也没什么。格林考特太太到门托尼去了六个星期，几天前回来了。上校发过一次痛风。"

"还有，你的朋友德里菲尔德夫妻俩逃跑了。"叔父补充说。

"他们什么？"我叫了起来。

"逃跑了。有天晚上他们卷起行李跑到伦敦去了，欠下了一大堆的债。房租、家具都没付钱，他们欠了肉店老板哈里斯将近三十镑。"

"真糟糕。"我说。

"这些就已经够糟了，"叔母说，"可是还有，好像他们连雇用的女佣人的工资都欠了三个月没有付。"

我一时目瞪口呆,好像还感到有点恶心。

"以后,"叔父说,"你最好不要再同婶母和我认为对你不合适的人来往了。"

"谁都不能不可怜那些受他们欺骗的买卖人。"婶母说。

"这帮人活该,"叔父说,"谁叫他们给这种人赊账!我认为谁都应该看得出来这两个人完全是骗子。"

"我一直挺奇怪他们干吗跑到这儿来。"

"他们就是想来卖弄一番,另外我猜他们认为这儿的人认识他们,所以赊起账来会方便些。"

我觉得叔父的说法不大合逻辑,不过这个消息对我的打击太大了,我不想和他辩论。

后来,我一找到机会就跑去问玛丽·安关于这件事她还知道些什么。使我吃惊的是她的看法和叔父、婶母截然不同。她咯咯地笑起来。

"他们把所有的人都坑了,"她说,"他们平时花钱如流水,所有人都以为他们很有钱。他们去买肉,肉店掌柜总是给他们脖子下面最嫩的那块,他们要牛排也非得要半腰下面那一块。还有龙须菜、葡萄,一大堆什么别的好东西,我都搞不清楚。镇上的每个铺子都有他们欠下的账单。我就不懂那帮做买卖的怎么会这么傻。"

玛丽·安滔滔不绝讲的显然都是那些店铺老板而不是德里菲尔德夫妇。

"可是他们怎么能神不知鬼不觉地逃走了呢?"我问。

"是啊，谁都这么问。他们说是乔治老爷帮的忙。你想，要不是他用自己那辆双轮马车帮他们搬运，他们的箱子怎么能搬到车站呢？"

"乔治老爷怎么说呢？"

"他说他知道得不比月球上的人多多少。那天发现德里菲尔德夜里逃跑后，镇上难得这么轰动过，我可笑死了。乔治老爷一口咬定说他不知道德里菲尔德破产了，他说他跟所有人一样大吃一惊。可是我根本不信他的话。我们谁都知道罗茜结婚前他们之间的关系，而且我跟你说，就你、我、大门柱子知道，我怀疑他们的关系在她结婚以后也并没断。有人说去年夏天看见他们一起在田里散步，还有，他差不多天天在他们家进进出出。"

"怎么发现他们逃跑的呢？"

"是这么回事：他们雇了一个女孩，那天晚上他们跟那姑娘说她可以回家和她妈妈待一晚上，不过她早上八点以前要回去。第二天早上这姑娘回去的时候进不了门。她敲门也好，按铃也好，就是没人应，她没办法了，就到隔壁人家问那家的太太她该怎么办，那位太太说最好去报告警察。后来警察署的巡官跟她一起回来了，也是又敲门又按铃的没人应。后来巡官问那姑娘他们付给她工钱没有。那姑娘说有三个月没付了，巡官说他们肯定在夜里逃跑了。最后他们设法进去了，发现他们带走了所有的衣服和书籍，听说很少人有泰德·德里菲尔德那么多书，反正凡是他们的东西全部带走了。"

"后来再没听到他们的消息?"

"没什么消息,不过他们走了大概一个星期之后,那个给他们干活的姑娘收到一封从伦敦来的信,她拆开一看,里面没有信,就是一张她的工资的汇款单。要我说,他们不忍心坑一个挣钱过活的姑娘的工资,这一手是很漂亮的。"

比起玛丽·安来,我对这件事更加感到震惊。我是个很体面的年轻人。读者一定已经注意到,我当时遵守我那个阶级的传统习俗,认为这都是天经地义的。虽然我觉得大笔借钱的事在书本里是很浪漫的,催债的、放债的在我的脑子里都是很熟悉的人物,但是我觉得赖掉店铺老板的钱不还,这实在是很卑劣的行为。当我听人们谈论德里菲尔德时,我总觉得好多事不可理解,如果有人提到他们是我的朋友,我就要说:"去他的,我只不过认识他们。"要是人家问我:"他们很粗俗吧?"我就要说:"他们倒是的确不使人觉得他们是什么上等人。"可怜的加洛韦先生对这件事恼火极了。

"我倒并没有以为他们很有钱,"他告诉我,"可是我以为他们的生活还是不成问题的。他们房子里的家具相当不错,钢琴还是新的。我从来没想过他们这些东西没有一件是付了钱的。他们生活上从来不省吃俭用。我最受不了的是他们耍的欺骗手腕。我那时常到他们家去,我以为他们对我很好。他们总是使客人觉得自己是很受欢迎的。我跟你说,你都很难相信,最后一次我到他们家去,握手告别的时候,德里菲尔德太太请我第二天再去玩,德里菲尔德还说明天下午的茶点是松饼。而他们说这些话的时候楼上已经捆好了行李,就在这天夜里他们坐上末班火车逃到伦敦去了。"

"乔治老爷怎么说的?"

"说实话,这些天我没有特地去看过他。这对我是一大教训。有一句警告人不要交坏朋友的成语我想我应当牢记在心。"

我对乔治老爷的看法和加洛韦先生差不多,同时我也有点紧张。要是他想起来告诉人家说圣诞节的时候我曾经几乎天天到德里菲尔德家去,而且这些话让我叔父听见,我可以预见会有一场麻烦。叔父会责备我欺骗撒谎,不服从长者,行为不端,我当时也不知道如果发生这样的事我该如何回答。我了解叔父的为人,知道他不会就此罢休,他会连续好几年再三提到我这离经叛道的行为。我很高兴没有碰见过乔治老爷。可是后来有一天我在大街上终于面对面碰见了他。

"嗨,小伙子!"他朝我叫着,我非常讨厌他对我的这种称呼,"我猜你是回来过假期了。"

"你还算猜得不错。"我用一种我认为会使他稍稍收敛的嘲讽口气回答他。

糟糕的是他的反应是哈哈大笑。

"你可真尖啊,当心刺了自己,"他兴高采烈地说,"看来这回咱俩玩不成惠斯特了。你看要是人不敷出地过日子后果多糟!我常对我儿子说,你如果收入的是一镑,花掉的是十九个先令六个便士,那你就是个阔人;可是如果你花掉的是二十先令六便士,那你就会成叫花子。年轻人,花钱的时候要算着点你的便士,那你的钱就会积少成多了。"

虽然乔治老爷这么说,可是在他的声调中却听不出真正不满意的意思,倒是好像隐藏着一连串的笑声,偷偷地在耻笑这些至理名言。

"听说是你帮他们逃走的。"我说。

"我?"他脸上摆出十分惊讶的神气,可是他的眼睛里却闪耀出一种狡黠的笑意,"啊呀,他们跑来告诉我德里菲尔德夫妻俩夜里逃跑的消息,那时候我简直惊讶得愣住了。他们还欠了我四镑十七先令六便士的煤钱。我们全上当了,甚至可怜的加洛韦,他再也没吃上松饼。"

我从来没把乔治老爷想得这么糟过。我当时本该说些从此和他断交使他无言可对的话,可是我又想不起来该说什么,所以最后我只是对他说我还有事,朝他匆匆点了点头,就走开了。

Chapter
< 11 >

第十一章

我一边等待阿尔罗伊·基尔,一边回忆这些往事。想到德里菲尔德后来的盛名,再想想他当年还是无名之辈时的这桩很不体面的逃跑事件,我忍不住独自一人咯咯发笑。我不知道是不是因为在少年时代,我周围的人对作为一个作家的德里菲尔德评价很低,因此在他身上,我始终无法看出后来评论界的知名人士所称颂的惊人优点。有很长一段时间,人们认为他写出的英语很糟,他的作品确实使你觉得好像他是用一支秃铅笔头在写作,他的文风很做作,文字是正统与俚语的混杂,读起来很不舒服,而他作品中的对话简直不像一个普通人真正会说的话。在他后期的创作生涯中,他采用了口授的方式,文风带上了自然的口语化特点,清晰流畅;这时评论家们回顾他成熟时期的作品,发现他的语言具有一种刚劲生动的活力,与他作品的主题极其相称。在他的全盛时期,正是绚丽辞藻在英国文学中十分流行的时期,德里菲尔德作品中的一些描述片段几乎被收进了所有英语散文选本中。他描绘大海、肯蒂什森林中的春天,以及泰晤士河下游落日的那些片段都十分有名。可是我读他的作品时却总觉得不那么舒服,这实在应当成为我一生的一大憾事。

在我青年时代,虽然德里菲尔德的作品销路很不好,还有一两本遭到图书馆的抵制,但是对他钦佩还是一种有教养的表现。他被认为是大胆的现实主义派。他是用来打击那些市侩庸人的一根很好的大棒。某位先生凭着灵感发现德里菲尔德笔下的水手和农民是莎士比亚式的,而当先进人士聚在一起议论时,他们会对他作品中那些乡巴佬的冷面滑稽和粗俗的幽默发出心醉神迷的喝彩声。德里菲尔德提供这类货色是毫不困难的。可是对我来说,每当我读到他作品中出现航船的水手舱或是酒店的酒吧间时,我知道接下去的必定是长达六七页的用方言写的对生活、伦理和永恒不灭这类主题的可笑的评论,我的心就会往下一沉。当然,我必须承认,对莎士比亚笔下的那些小丑我也总觉得很乏味,至于他们那难以计算的后裔则更是不可忍受。

德里菲尔德作品的力量显然在于他对自己最为熟悉的阶级的形形色色人物的描写,农民的农村雇工,店铺掌柜和酒吧间招待,船长,船上的大副、二副,厨师和能干的水手等等。可是当他在刻画上层社会的人物时,恐怕就是对他最为崇拜的人也会感到有点不舒服;他笔下那些形象完美的绅士实在完美得叫人无法信服,他书中那些出身高贵的女士是如此善良,如此纯洁,如此高尚,以至于你一点也不怪她们只会以庄严的字眼来表达自己的思想。他所描写的那些妇女很少是栩栩如生的。不过在这里我又必须说明这些只是我个人的意见;世上多数人以及最显赫的评论家都一致认为德里菲尔德所塑造的这些妇女是英国女性中最为动人的典型,她们生气勃勃,彬彬有礼,品德高尚，还经常被拿出来与莎士比亚作品中的女主人公相比。我们当然知道妇女们都有习惯性便秘，可是在小说里把她们描写成从来不需要大便，这在我看来实在是过分地尊重妇女了。我很奇怪妇女们竟愿意看到对她们做这样的刻画。

评论界往往可以迫使整个社会把一个微不足道的作家抬得很高，而社会有时候又会为一个没有一点可取之处的作家发狂，但是这两种情况都不会持续太久；所以我觉得如果一个作家没有相当的才能就不可能像德里菲尔德这样长久地享有盛誉。那些出类拔萃的人常常嘲笑别人对名望的追求，他们甚至认为这是平庸的表现；但是他们忘记了后人总是从某个时代的知名的而不是不知名的作家中进行选择的。也可能有些应当永垂不朽的巨著一出版就夭折了，可后人永远不会知道；另外，也可能后人把我们时代的畅销书统统屏弃了，但最终他们选择的范围还只能是这些畅销书。不管怎么说，爱德华·德里菲尔德的作品还在风行一时。他的小说只不过碰巧不被我这个人欣赏而已，我觉得它们都太冗长；他想用离奇动人的情节去引起那些迟钝的读者的兴趣，可是这种情节在我看来索然无味；不过他无疑是十分真诚的。在他的最佳作品中有着生活的激情，而且你不可能感觉不到作者难以捉摸的个性。在他的早期创作生涯中，他的现实主义受到一些人的赞扬和另一些人的非难；评论家们根据各自的癖性，有的称赞他的真实性，有的却谴责他的粗俗。今天，现实主义已经不再激起人们的评论，一般的读者现在很轻易就能接受的内容，在上一代人中还是会引起大得震惊的障碍。富有文化教养的读者看到这里一定会想起在德里菲尔德逝世之际《时代报》文学副刊所发表的社论。这篇文章以爱德华·德里菲尔德的小说为其评论内容，作者对这些作品的评述可以说是一首对美的赞歌。读了这篇文章的人都会对文章中那使人联想起杰里米·泰勒[1]的优雅散文的华丽辞藻感受至深，对那种圣洁和虔诚、对所有那种高尚的情操深为感动。而用来表达这些情感的文体华丽而不过分，语调悦耳又不缺男子气概。因而这篇文章本身就是一个美的化身。如果有人认为爱德华·德里菲尔德也算是个幽默作家，而且认为在这篇颂扬他的文章里加上几句俏皮话可以使文章增加光彩，那么回答应当是，这毕竟是篇悼词。大家都知道，美并不欢迎幽默对她做出羞怯的友好表示。罗伊·基尔那天和我谈到德里菲尔德的时候说不管他有什么缺陷，都已被他作品中所洋溢的美所弥补了。回顾这次谈话，我想罗伊的这句评论是使我最恼火的。

三十年前，文学界最时髦的内容是上帝。信仰上帝是合乎体统的，新闻记者们用上帝来点缀一个短语或平衡一个句子，可是后来上帝不流行了（奇怪的是他和板球、啤酒一起落市），而牧羊神又兴起了。在上百部的小说中，草地上都留下了他的蹄印，诗人们看到他出没在暮色苍茫的伦敦公园里，萨里[2]的女文人们，这些工业化时代的女神们都神秘地在他的粗鲁的拥抱中献出了她们处女的贞操。从此她们在精神上彻底起了变化。但是牧羊神后来又不时髦了，他被美所代替了。人们到处可以见到这个字眼，或是在一个短语里，或是在描写一条大比目鱼、一只狗、某一天、一张图画、一个行为和一件衣服的句子里。那群写过一本大有希望表现出他们才能的小说的年轻女士们滔滔不绝地用各种方式空谈着对美的感受,她们有人用隐晦的比喻,有人用嬉笑的口吻,有人用激烈的声调,有人则又轻柔悦耳地谈论着美这个题目;那些刚刚从牛津出来,却仍在追求这高等学府的荣耀的年轻男子总喜欢在周刊中发表文章,指手画脚地告诉我们应当如何看待艺术、生活、宇宙,这些年轻人巧妙而不经意地在他们密密麻麻写满了字的稿纸上到处放上美这个字眼。可怜这个字都被用烂了。啊,他们可真把这个字使唤苦了!理想有着各种名称,而美只是其中的一个。我怀疑这种喧嚣只不过是那些无法适应我们这个英雄的机器世界的人们所发出的悲鸣,我也怀疑这种对美——我们这个羞惭的时代里的小内尔[3]——的热爱只不过是多愁善感而已。也可能我们的下一代对生活的重压更为适应了,他们那时不再想以逃避现实,而是以热切地接受现实来寻求灵感。

  我不知道别人是否像我一样,反正我知道我是不会长时间沉醉在对美的冥想中的。对我来说没有哪个诗人的诗句比济慈的《恩迪米恩》[4]的第一行更为虚假。每当那个称之为美的东西使我感受到它的情感的魔力时,我的思想就集中不起来;当有人告诉我说他可以满怀激情地连续几个小时注视着一个景色或一张图画时,我总是觉得很难相信。美是一种使人极其兴奋的感受,就像饥饿一样,十分简单。其实对它没有什么可以多说的。就像玫瑰的香气,你可以闻到它,不过如此而已。正因为这样,所以我觉得所有对艺术的评论都十分令人厌烦,除非这篇评论中没有谈到美,因而也就没有谈到艺术。所有的评论家谈到提香[5]的作品《耶稣的葬礼》或是世界上任何绘画作品时都会告诉你说你要知道哪一幅画最最富有纯粹的美,最好的办法是亲自去欣赏一下。别的他要说的就是画的历史,或者画家的小传,诸如此类的东西。人们还给美添加了许多品质——崇高,人类情趣,温柔爱情——因为仅仅是美不能长时间地使人们得到满足。美是完美的,而任何完美的东西(这就是人类本性)都会很快使我们厌倦。那位看过费德尔[6]雕像后问"这东西说明什么命题"的数学家其实并不是人们所认为的那样一个傻子。除非把一些根本与美无关的因素考虑在内,否则,无人能说清为什么帕埃斯图姆的多利安式神殿[7]比一杯冰啤酒更美。美是个死胡同。它就像一个山顶,一旦攀登到那里,就会发现往前已无处可去。因此,我们最终会发现埃尔·格雷科[8]的作品比提香的作品更富于吸引力,而莎士比亚的虽不完美的成就比拉辛尽善尽美的作品更为动人。关于美的评论文章实在太多了。因此我也就加了点议论。美是满足人们爱美的本能的东西。可是哪些人才要得到这种满足呢?只有那些把仅仅够吃饱当作盛宴的傻瓜。我们应当面对现实:美令人厌烦。

评论界所写的那些关于爱德华·德里菲尔德的文章当然都是欺人之谈。其实,他的最大功绩既不是给他的作品以活力的现实主义,也不是表现了这种现实主义的美,也不是他对水手们栩栩如生的刻画,也不是他关于盐泽地、关于暴风雨或风和日丽,或安逸的小村庄的充满诗情的描写;他的最大功绩是他的长寿。对老年人的尊敬是人类最可钦佩的品格之一,而且我可以有把握地说这种品格在我们这个国家更为显著。其他民族对于老年人的敬畏和热爱都是柏拉图式的 9;然而我们的却是实际的。除了英国人谁还会把科芬园皇家歌剧院挤得满满的去听一个年纪又大、又倒了嗓子的歌剧女明星唱歌呢?除了英国人谁还会花钱买票去看一个年老体衰、连把一只脚放在另一只脚的前面都十分吃力的舞蹈演员跳舞呢?这些英国人还会在幕间休息彼此交谈时满怀钦佩之情地说:"天呐!你知道吗,先生,他早已过了六十了!"不过,比起那些政治家和作家来说,这些演员还都不过是小伙子。我常想,一个演过主角的年轻演员如果没有极其温顺的性情,那么每当他想到自己到了七十岁就不得不结束自己从事的事业,而那些政治家和作家七十岁的时候却还处在黄金时代时,他一定会很愤愤不平的。一个人如果在他四十岁的时候就已经是个政客,那么他到了七十岁一定会成为政治家。七十岁的人当个职员、花匠和违警罪法庭推事都嫌太老了,可是七十岁却正是统治一个国家最成熟的年龄。其实这也毫不足怪,你只要想想,从一个人很年幼的时候起,老一辈的人就再三要他铭记在心,年长者总比年轻者聪明,而当这个年轻人认识到这种说法极其荒谬的时候,他自己也已经老了,那时他感到他从自身利益出发,也需要把这种骗术进行下去;此外,凡是在政界活动的人都会发现(如果从后果看的话),统治一个国家是并不需要多少智力的。不过长期以来我一直很困惑不解，为什么一个作家越老对他的评价就应该越高。有一个时期我想，对一个将近二十年没有写过一点有趣作品的作家倍加赞扬主要是因为年轻一代的作家知道这种老作家已不可能是他们的竞争对手，因此对他高度颂扬并不会造成对自己的威胁。再说，大家都知道，对一个自己用不着担心的对手大加赞扬往往是拆自己真正对手的台的一个好办法。不过这种想法未免把人的本性看得太差了，我无论如何也不想被人指责是个廉价的愤世嫉俗主义者。后来经过一番深思熟虑，我得出结论，认为一个年龄超过一般人平均寿命的作家之所以能得到一致的赞扬以慰余生，是因为凡是聪明人过了三十岁就什么书籍都不读了。所以当他们年龄日益增长时，他们年轻时所读过的书就都显示出光彩了，而随着岁月的流逝，他们就把越来越大的优点加到写这些书的作者的头上。对这位作家来说，他当然必须继续写些东西；他必须在公众眼前不断出现。他不应当认为他一生只需要写出一两本杰作来就足够了；他必须写上四五十本没有什么特殊价值的作品作为这两本杰作的基础。写这么多作品需要时间。他的产品应该达到这样一个效果，如果他无法以他作品的魅力使读者倾倒，那也应当以其重量惊得读者目瞪口呆。

如果像我所想的，长寿是一种天才，那么在我们这个时代很少人像爱德华·德里菲尔德那样享受过这种天才所带来的荣耀。当他还是六十岁的年轻人的时候（有教养的人对他有自己的看法，对他并不重视），他在文艺界不过是略有地位罢了；最好的评论家赞扬过他的作品,但那是有节制的赞扬;年轻一辈有的拿他的作品开玩笑。大家都认为他还是有才能的,不过谁都没有想过他的作品会是英国文学中的光辉一页。后来当他庆祝自己七十寿辰时,文艺界产生了一种惴惴不安的感觉,就像在东方的大海之上航行,在远处有台风威胁时水面掀起了波纹一样,人们越来越清楚地意识到在我们中间这么多年一直生活着一位伟大的小说家,而我们大家竟谁都没有想到。突然之间在各个图书馆里读者争相借阅德里菲尔德的作品,上百支笔在布卢姆斯伯里、切尔西,以及其他许多文化人集中的地方同时忙碌起来,写出了无数对德里菲尔德小说的赞颂、研究的随笔以及评论性著作,有的文章短小,不拘一格,有的则是长而认真。这些文章一版再版,有的是全集,有的是选集,有的一先令三便士一本,有的五先令六便士一本,有的则是二十一先令一本。有的文章分析他的作品风格,有的研究他的哲理思想,有的剖析他的技巧。到了他七十五岁的时候,所有人都认为爱德华·德里菲尔德是个天才。到他八十岁的时候,他成了英国文学最杰出的老前辈。他一直到去世都享有这个崇高的地位。

而现在呢,我们环顾四周,很惋惜地看到竟没有一个人能接替他这个位置。有那么几个七十多岁的人突然关切起来,在注视着,他们显然觉得他们可以自自在在地填补他的空位。不过他们显然都缺少点什么。

这些回顾占了不少篇幅,不过当时在我脑海中闪过时却只不过是瞬间的事。它们杂乱无章地在我眼前出现,一会儿是一件什么事情,一会儿又是老早以前一次谈话中的片段,现在当我写下这些回忆时,我为了方便读者,也由于我思路很有条理,因此我把这些断断续续的事情按顺序写了出来。使我自己都很惊奇的是尽管所有这一切都已很久远,我却仍然能够清晰地记得人们长什么样子,甚至他们讲话的要点,只是记不太清他们当时穿什么样的衣服了。我知道四十年前的人,特别是妇女的装束当然和现在的装束很不一样,如果我还能记得起一点他们当时的服饰,那也并非是我当时生活中留下的印象,而是很久以后从图片或照片中看到的。

当我还沉浸在这些胡思乱想中时,我听到了大门口出租汽车停下的声音,接着,门铃响了,不久就听到了阿尔罗伊·基尔嗡嗡的嗓音在对我的管家说他是事先同我约定前来的。他走进屋里,身材高大,性情爽直热诚;他那旺盛的活力一下子就摧垮了我刚刚筑起在那消逝了的往事上的脆弱支架。他像一股三月里的狂风,把今天这咄咄逼人、不可逃避的现实又带到了我的面前。

"我正在问自己,"我说,"谁有可能接替爱德华·德里菲尔德的'英国文学最杰出的老前辈'这个荣誉,你刚好进来回答我的问题。"

他快活地哈哈大笑,可是他的目光中闪过一丝怀疑。

"我看没人能接替。"他说。

"你自己呢?"

"嗨,老伙计,我还不到五十呢,还得再过二十五年。"他又放声大笑,不过他的目光却迫切地盯着我的眼睛,"我从来闹不清你什么时候是在拿我寻开心。"他突然眼光朝下说:"当然啰,谁都会偶尔想想自己的未来。现在咱们这一行的头面人物全都比我大十五到二十岁。他们不可能长生不老,等他们不在了,谁将成为新的头面人物呢?当然,有奥尔德斯;他比我还年轻得多,不过他身体不大好,再说我相信他也不怎么注意自己的身体。除非出现意外,我是说除非某位天才突然出现,名噪一时,否则我看再过二十到二十五年就会独霸文坛。这只不过是坚持不懈再加上比别人长寿而已。"

罗伊那男子汉的强健身躯坐进了我房东的一张软椅,我问他喝不喝威士忌酒加苏打水。

"不喝,六点以前我从不喝烈性酒。"他说。他环顾屋子的四周说,"这些公寓蛮不错的。"

"当然。你找我有什么事?"

"我想我最好当面和你谈一谈德里菲尔德夫人的邀请这件事。在电话里说不清楚。事情是这样的,我准备写一部有关德里菲尔德的生平的书。"

"喔,那你那天为什么不告诉我?"

我对罗伊忽然产生一种好感。我很高兴我没有看错他,那天他请我吃饭,我就怀疑他并不真是仅仅为了喜欢我和他做伴。

"我还有一点拿不定主意。德里菲尔德夫人很想要我写。她说她尽力帮助我。她要把她所有的资料都给我。这些资料她收集了好多年。写这样一本书是桩不容易的事,我也不能不把这本书写好。当然,写好了,对我自己也很有好处。要是一个小说家不时地写一点严肃题材的东西,人们对他会尊敬得多。我写过几本评论著作,花了很大工夫,可是没有卖出钱来,不过我一点不遗憾。因为这些著作使我在文学界有了地位,没有它们是不行的。"

"这个计划不错。过去二十年里比起大多数人来,你和德里菲尔德的关系更为密切。"

"可能是的。但是我最初认识德里菲尔德的时候,他已经过了六十了。我那时给他写了一封信说我非常钦佩他的作品,他邀请我去看他。可是对他的早年生活我一无所知。德里菲尔德夫人常常设法让他讲讲那时候的事情,她做了好多详细的笔记,另外还有一些他断断续续记的日记,当然啰,他的小说里好多地方显然是自传性的。不过空缺还是太大了。我跟你说我想写一本什么样的书吧:一本关于德里菲尔德个人生活的书,内容应当有好多使读者感到亲切的细节,另外,在这里面揉进对他文学著作的全面的评论,当然不是那种沉闷的长篇大论,而是虽持肯定态度却是透彻的……和微妙的评论。这么一部书的确是要费点工夫的,不过德里菲尔德夫人好像认为我能胜任。"

"你当然可以胜任。"我插嘴说。

"我想我应当可以的,"罗伊说,"我是个评论家,我又是小说家。我显然在文学上还是有些条件的。不过除非能帮我忙的人都愿意助我一臂之力,否则我是完不成这个任务的。"

我开始懂得为什么我被牵进这件事了。我尽量装得一无所知。罗伊把身子往前靠过来。

"那天我问你，你自己是否打算写点关于德里菲尔德的文章。你说你没有这个打算。这是不是你肯定的答复？"

"当然。"

"那你是否同意把你的材料让给我使用？"

"老伙计，我什么也没有。"

"嗨，别废话，"罗伊乐呵呵地说，他的声调就像一个医生想诱使一个小孩子张开嘴巴让他检查嗓子，"他住在布莱克斯特博那会儿，你肯定常常见到他。"

"那时候我还是个孩子。"

"可是你肯定对这一段不平常的经历印象很深。不管怎么说，所有人只要和德里菲尔德在一起待上半小时就不可能不对他那不寻常的性格留下深刻的印象。就是对一个十六岁的孩子，这一点一定也十分明显，再说你可能比一般这么大的孩子要更加富有洞察力，更加敏感。"

"我不知道要是没有他的盛誉在背后起作用，他的性格是不是显得这样不寻常。你以为如果你只是作为会计师阿特金斯先生跑到英国西部的一个矿泉去用矿泉水治疗肝病，你会让那里的人都觉得你是个有独特性格的人？"

"我想他们很快就会发现我不是个普普通通的会计。"罗伊说话时带着一丝使他的讲话丝毫不显得自夸的微笑。

"好吧，我能告诉你的只是当时他让我觉得最不舒服的就是他穿的那套灯笼裤衣服，太花里胡哨。我们常在一起骑车，我总有点怕被人家看见和他在一起。"

"现在听起来是很滑稽。那时他和你谈些什么？"

"我不记得，好像没谈什么。他对建筑挺有兴趣，他还喜欢谈庄稼活，要是路边有个酒店看上去还不错，他就会建议我们休息五分钟，进去喝杯苦啤酒，喝酒的时候他会和酒店老板谈地里的庄稼、煤的价钱这类事情。"

我虽然看出罗伊脸上露出失望的表情，可还是一个劲往下说；他只好听着，不过看出来有点厌烦了，我突然发现他觉得厌烦的时候就显得脾气很坏。虽然我记不起在我们一起长途骑车时德里菲尔德说过任何有重要性的话，但我还能清楚地回忆起当时的感觉。布莱克斯特博这个地方就是有这种奇特之处，它虽然靠海，有一条长长的石子海滩，背后又是沼泽地，可是你只需往里走半英里就会来到一个典型的肯特乡村。路旁是一丛丛高大的榆树，它们坚实并且带有一种使你感到十分亲切的气派，就像那些好心肠的肯特郡老农民的妻子们那样，她们脸色红润，结实粗壮。上等的黄油，家制的面包，奶油和新鲜的鸡蛋使她们都长得有点肥胖。有时候你发现面前只有一条小路，两边长满了山楂树丛，两旁那高大的榆树枝叶伸展在路的上空，你如抬头仰望，只能看到中间露出的一小片蓝天。当你在这暖洋洋的使人很兴奋的气氛中骑车时，你会觉得世界突然静止了，生命将永恒地持续。虽然你在使劲地蹬着自行车，但你却有一种甜美的懒散感觉。这时你和你的伙伴谁都不讲话，你感受到一种极大的愉快。而如果你们中的一个人由于情绪兴奋突然加快了速度飞速向前，这就是他在开玩笑，每个人都禁不住哈哈大笑起来，紧接着，你会一连好几分钟拼命地蹬车。我们互相天真地开着玩笑，为自己的幽默话咯咯发笑。有时候我们骑过一些小农舍，门前都有一个小花园，花园里长着蜀葵和虎皮百合；离大路再远一点是一些大农舍，有着宽敞的谷仓和啤酒花烘干房；你还会骑过一些蛇麻子地，那些成熟的蛇麻果像花环一般悬挂着。那些路旁的小酒店都使你感到亲切友好，它们看上去和那些小农舍差不多，门廊上往往长着爬藤的金银花。它们的名字也都是普普通通的，人们最常见的，诸如"快乐的水手""高兴的农夫""王冠与锚""红狮"等等。

不过当然所有这些对于罗伊来说都是毫无意义的，他终于打断我的话了。

"他难道从来没有谈谈文学吗？"

"没有。那时他还不是那种作家。我想他可能在考虑他的写作，不过他从来不说。他那时常常把书借给副牧师看。有一年冬天，圣诞节假期中我几乎每天下午到他家去喝茶，有时候他和副牧师一起谈论书，不过那时我们总是叫他俩住口。"

"你难道一点也不记得他说些什么？"

"只记得一件事。因为他说到的作品我当初没看过，是他的话促使我去看的。他说当莎士比亚引退回到故乡埃文河畔的斯特拉特福并受到人们尊重时，他如果还想到他写的那些剧本的话，可能只有两部作品是他自己最感兴趣的，那就是《一报还一报》和《特洛伊罗斯与克瑞西达》。"

"我看这也没什么特别的启发性。他没有谈过什么比莎士比亚更加现代一点的作家?"

"反正我记得那时候他没谈过。不过几年前我有一次和德里菲尔德夫妇共进午餐时,我倒听他说过亨利·詹姆斯热衷于描写英国乡间别墅茶会上的闲扯,竟连世界历史上最伟大的事件之一——美国的兴起都置之不顾。德里菲尔德称之为 ilgzan-rifinto[10]。我很吃惊这老头竟用了一句意大利语,特别有趣的是当时在座的人中间只有一个块头奇大的公爵夫人懂得他在扯些什么玩意儿。德里菲尔德当时说:'可怜的亨利,他永无休止地绕着一个气派十足的花园转圈,可惜那篱笆墙就是比他稍稍高了一点,使他没法偷看到里面的情景,而花园里的人们正在喝茶,地方又偏偏稍稍远了一点,使他一点听不清伯爵夫人在说些什么。'"

罗伊很注意地听我讲述这段小故事。可是听完了他沉思着摇了摇头。

"这个材料恐怕也没法用。要是用了的话,那些亨利·詹姆斯的崇拜者会像一千块砖头一样朝我砸下来……你们那时候在一起晚上一般干什么呢?"

"噢,我们玩惠斯特纸牌游戏,德里菲尔德则看那些要他写书评的书,他还常常唱歌给大家听。"

"这很有意思,"罗伊急切地向我靠过来,"你还记得他唱什么歌吗?"

"完全记得。《都因为爱上了一个大兵》和《这里老酒很便宜》,这两首是他最喜欢的。"

"喔!"

我看得出来罗伊很失望。

"你难道希望他唱舒曼的歌曲?"我问。

"为什么他不该唱舒曼呢?要是这样的话,倒是很值得写一笔。不过我其实应该想象他会唱一些海上水手的小曲或者是古老的英格兰乡间民歌,就是那种他们经常在集市上唱的歌——盲人提琴手拉琴,乡下那些小伙子和姑娘们在打麦场上跳舞,以及诸如此类的事。如果他唱的是这些歌,我可以就此写一段很漂亮的文章,可是我简直不能设想爱德华·德里菲尔德唱起演艺场里的那种歌。不管怎么说,你如果要描绘一个人,那你总要把他的身份弄对才行;要是你把格格不入的事情写进去,你只能把读者的印象搞混。"

"你知不知道此后不久他还从布莱克斯特博为了逃债深夜跑了呢?他把所有人都坑了。"

罗伊足足沉默了一分钟,若有所思地两眼盯着地毯。

"我知道那时曾发生过一些令人不愉快的事。德里菲尔德夫人提起过。不过据我了解,他后来把所有拖欠的债都付清了才买了费内别墅定居下来。我想没有必要去多谈这么一件在他整个发展过程中无足轻重的小事。不管怎么说,这件事距现在快四十年了。你知道,老头后来有些很奇怪的脾气,一般人都会认为有了这样难听的流言蜚语之后,他绝不会选择布莱克斯特博作为他晚年定居的地方,那时他已成为社会名流,而布莱克斯特博却恰恰是他低微出身之地。可是他好像毫不在意,而且好像还觉得那件事是个很好的玩笑。他竟然还能够自己对来和他共进午餐的客人叙述这件事,这种场合往往使德里菲尔德夫人觉得非常难堪。我希望你能更多了解埃米。她是个很了不起的妇女。当然,老头写他那些巨著时根本不认识她,不过没有人能否认在他最后二十五年的生活中,人们能够看到这样一个给人印象深刻的尊严的形象,这完全是出自埃米的创造。她对我相当坦率。她是不容易的。老德里菲尔德有一些非常怪异的习惯,埃米不得不用好多策略才使他的举止显得端庄。在有些事情上,老头非常固执,要是换另一个不像埃米这样有个性的女人,那她早就对自己失去信心了。譬如说,他有那么个习惯,可怜的埃米不知花了多少工夫才把他纠正过来:他每次吃完肉和素菜之后,都要掰一块面包把盆子擦得干干净净,然后把那块面包吃了。"

"你知道这是什么意思吗?"我说,"这表示在很长时间里他吃不饱肚子,所以他对能到手的食物简直一点都舍不得浪费。"

"可能吧,不过对一个文艺界的知名人士来说,这可不是个很像样的习惯。还有,他并不酗酒,可是他很喜欢跑到布莱克斯特博镇上的'大熊钥匙'酒店去喝上几杯啤酒。当然,这也没什么关系,不过他在这种地方确实显得很突兀,特别是在夏天,酒店里满是些去旅行度假的人。他毫不在乎谈话的对象是什么人。他好像丝毫也意识不到他是个有身份有地位的人,他应当保持他的身份。有的时候他和很多社会名流像埃德蒙·戈斯以及柯曾勋爵这样的人共进午餐之后,竟会跑到小酒店去对那些管理工、面包师和卫生检查员去大讲特讲他对这些名流们的印象,你不能不承认他这种做法实在令人尴尬。当然这也可以解释得过去,你可以说这是他追求地方色彩和对各种典型人物感兴趣。不过他的有些习惯实在叫人无法接受。你知道,埃米·德里菲尔德要让他洗个澡简直难如登天。"

"在他出生的那个年代,人们认为洗澡太多有损健康。再说,我想在他五十岁以前,他大概从来没有住过带浴室的房子。"

"嗨,他说他从来都是一周洗一次澡,他看不出来有什么必要到这个年纪了还要改变他的习惯。埃米要他至少每天更换内衣、内裤,可是他也不同意。他说他的衬衣衬裤一向要穿一个星期才换,洗得太勤完全没有道理,只会很快把这些内衣洗破。德里菲尔德夫人费尽脑筋想诱使他每天洗澡,在水里加上浴盐11或者香水,可是不管什么办法他都不为所动,后来他越来越老了,连一个星期一次澡都不肯洗了。埃米说最后三年里他连一次澡都没洗。所有这些事当然只是你我之间说说;我是想让你知道我要写他的生平不能不用些策略。我知道谁都无法否认他在钱上面有点不那么谨慎,另外他有些很古怪的想法使他喜欢和比他地位低下的人在一起,他的某些个人生活习惯也使人很不喜欢,不过我想所有这些都不是他生活中的最主要方面。我并不想写不真实的东西,可是我确实认为有相当一些关于他的事情最好不要写进去。"

"你不觉得如果你彻底放手，把他的好坏两方面都写出来，会使你的书更有意思吗？"

"那不行。要是我这么写的话，埃米·德里菲尔德这辈子都不会理睬我了。她请我执笔写这本书正是因为她相信我会谨慎选材。我得按绅士规矩行事。"

"看来又要做绅士又要当作家，这两者很难兼顾。"

"那倒不见得。此外，你知道那些评论家是些什么样的人。你如果完全忠于事实，他们会说你愤世嫉俗，对一个作家来说，被扣上愤世嫉俗者的帽子并不是件好事。当然啰，如果我毫无保留地去写，这本书会引起一些轰动。要是我把这个人的所有矛盾的两面如实摆出来：他对美的热切追求和他对自己职责的轻率态度，他的优美的文体和他个人对洗澡卫生的厌恶，他的理想主义和他在那些低下的酒店里的痛饮，这样的书倒是很有趣的。可是老实说，这样做值得吗？他们会说我在模仿利顿·斯特雷奇12。我不想这么干，我还是要把它写得含蓄，优美，比较微妙，你知道我说的是什么样的吧，还有，要亲切。我认为一个作家在动手写一本书之前就应当在自己的想象中看到了这本书的模样。我想象中的这本书就像范戴克的一幅肖像画，气氛很浓，颇为庄重，带有一层高贵的色彩。你懂我的意思吗？我想写八万字左右。"

罗伊一时完全沉醉于他对美感的冥想之中了。在他的幻想中他似乎已经看见了这么一本书，是八开本，拿在手里薄而轻盈，书页两旁留着宽边，上等漂亮的纸张，字体清晰动人，我想他甚至连书的装订都见到了，书皮是细滑的黑色布面配以金色的饰边和烫金的字样。不过罗伊毕竟还是个凡人，所以就像我前几页上所说的，他不可能在对美感的向往中长久徘徊。他对我坦率地笑了笑。

"你说我到底怎样来处理第一位德里菲尔德太太呢？"

"这是家丑。"我咕哝着说。

"她是个大难题。她和德里菲尔德结婚多年。埃米在这个问题上很坚决，可是我实在不知道怎么样才能达到她的要求。她的态度是罗茜·德里菲尔德对她丈夫起了极坏的影响，她尽其所能想从道德上、身体上、经济上毁掉他；她无论哪一方面都大大低于她丈夫，至少在智力上和精神上是如此，而德里菲尔德仅仅因为他是个有着巨大的能量和生命力的人才得以幸免于她的恶劣影响。当然他们之间的婚姻是很不幸的。我也知道她已去世多年，要把过去那些流言蜚语重新倒出来，把好多不光彩的事摆在公众面前，这实在是很遗憾的事；但事实是，德里菲尔德所有最杰出的作品都是在他和他第一位妻子共同生活的时期写成的。我自然很钦佩他的晚期作品，没有人比我更理解他这一时期作品中所表现的纯真的美，另外，它们还表现出一种含蓄和一种古典式的严谨，这些都是很值得钦佩的，但尽管如此，我不能不承认这些作品缺少他早期作品中的那种特征：活力，喧嚣的生活气息。我的的确确感到不能完全忽视他第一位妻子对他创作的影响。"

"那你打算怎么办呢?"我问。

"我觉得还是有可能用最含蓄和最巧妙的手法来处理他这部分生活,以免触动那些最敏感的地方,同时又以一种大丈夫式的坦率来加以叙述,你懂我的意思吗?要是做到这点,那会是很动人的。"

"听起来这是很难办的事。"

"我想没有必要去一丝不苟地详细叙述。这只可能是个真正写得恰到好处的问题。除了实在不可省略的内容之外,我不想多费笔墨。不过我还是要让读者看到最关键的一些事实。不论你的主题是如何粗俗,你如果用庄重的态度来加以处理,就可以减少那种令人不快的色调。不过我必须掌握全部事实才能做到这点。"

"巧妇难为无米之炊啊。"

罗伊讲起话来带着一种神态自若的流畅,这表明他是一个很好的演说家。我希望:一,我能够有他的这种气势和敏捷来表达自己的思想,从来不需要搜索字眼,所有句子都可以毫不费力地信手拈来;二,我这样一个渺小的、微不足道的人物可以代表罗伊生来就能应付自如的倾心的广大读者而不感到如此可怜地不够格。不过现在他却停止了。在他那张由于洋溢的热情而泛起红晕、由于气候的炎热而渗出汗水的脸上出现了亲切温和的表情,他那双带着咄咄逼人的光彩注视着我的眼睛这时也突然变得柔和起来并带上了一丝笑意。

"这就是你要起的作用了,老伙计。"他心情愉快地说。

我在生活中发现当你没话可说的时候最好什么也不说,当你不知如何回答别人的时候最好保持沉默。这时我一声不吭,只是用同样温和的目光看着罗伊。

"你比任何人都了解他在布莱克斯特博的生活。"

"不一定吧。那时候在布莱克斯特博肯定有些人和我一样常常见到他。"

"可能,不过他们大抵都是些无足轻重的人,我想他们没什么重要价值。"

"喔,你的意思是,我是唯一能向你泄露内幕的人。"

"大致如此,要是你愿意幽默一点地说的话,我就是这个意思。"

我看得出罗伊并不觉得我的话很风趣。不过我并不在乎,因为我已经习惯于人们对我的玩笑没有任何反应。我认为艺术家中最纯真的典型就是那种说了一句笑话只有他自己一人哈哈大笑的幽默家。

"好像后来在伦敦你也经常见到他。"

"是的。"

"那是他住在伦敦贝尔格拉维亚高级住宅区尽头的一套公寓里的时候。"

"嗯,那是在皮姆利科区租的房子。"

罗伊勉强地笑了笑。

"咱们不必为他确切住在伦敦哪个地区吵架。你那时和他关系挺密切吧。"

"相当。"

"你们这样的关系保持了多久?"

"大约有几年。"

"你那时有多大?"

"二十岁。"

"我说,我想请你帮我一个大忙。这不会花费你太多时间的,可是这将对我有无法估量的价值。我想请你尽可能地回忆一下有关德里菲尔德的一切,和你所记得的他的妻子的情况,以及他们之间的关系等等,还请你把这些回忆记下来,包括你和他们在布莱克斯特博和伦敦这两段时间的接触。"

"啊呀,我亲爱的伙计,你这要求可太高了。我手头上有好多工作堆着呢。"

"不会费你太多时间的。我是说你可以做些很粗糙的记录。你不必考虑文体或这一类的问题。我会以适当的文体加工的。我所要的就是事实。不管怎么说,只有你了解他们,别人都不行。我并不想显得很浮夸,不过德里菲尔德是个了不起的人物,你为了对他的怀念和对英国文学的职责也应该责无旁贷地把你所了解的情况介绍出来。那天你说你自己不准备写任何关于他的东西,所以我才要求你把材料让给我的。你要不答应的话那简直是狗占马槽,占据着所有的素材可是你自己却根本不想使用。"

这样,罗伊在使用这些语言的同时,又求助于我的责任感、我的惰性、我的慷慨和我的正直秉性了。

"可是德里菲尔德夫人干吗邀请我去费内别墅呢?"我问。

"是这样的,她同我谈过这件事。那是所很舒适的房子。她很会待客,而现在正是乡间特别美的时候。那里的环境优美安静,她认为如果你愿意在那里写下你的回忆的话,是很合适的;我当然没有对她做任何许诺,不过我想她那里离布莱克斯特博那么近,一定会有助于你想起各种各样本来会忘掉的事情。另外,住在他的旧居,置身于他生前的书籍和用品之中,过去的一切将会显得如在目前。我们可以一起谈论他,你知道在热烈的交谈中往事都会重现。埃米很聪明敏捷。她好多年来已养成了把德里菲尔德的讲话记录下来的习惯,对你来说并不想记下来,而她事后却会记下。除此之外,我们还可以打打网球,游游泳。"

"我不那么喜欢住在人家家里做客,"我说,"我特别讨厌九点钟起来去吃一顿我不想吃的早餐。我不喜欢散步,我对别人家中的长长短短不感兴趣。"

"她现在很孤独。你如果能去那是对她的安慰,也是对我的好意。"

我想了想。

"我看这样办吧。我去布莱克斯特博,不过是作为我个人自己去。我住'大熊钥匙',你在德里菲尔德夫人家里逗留时我去看她。你们爱怎么谈爱德华·德里菲尔德随你们便,可是我要是听腻了就能随时离开。"

罗伊高兴地笑了。

"好吧。就这么办。那么你答不答应做点笔记,记下你认为对我将会有用的你所回想起来的材料?"

"我试试看吧。"

"你什么时候来?我准备星期五去。"

"要是你保证在火车里不跟我聊天,那我就和你一起走。"

"好,好。五点十分那趟车最合适。要我来接你吗?"

"我自己完全可以到达维多利亚火车站。我们在站台上见面吧。"

我不知道罗伊是不是怕我改变主意,他听我说完后马上站了起来,高高兴兴地同我握了手,就走了。临走时还要我千万不要忘记带网球拍和游泳衣。

1 杰里米·泰勒(Jeremy Taylor 1613—1667):英国散文家。
2 萨里(Surrey):英国南部城市名。
3 小内尔(the Little Nell):英国十九世纪著名小说家狄更斯的小说《老古玩店》中美丽善良、唤起人们同情的女主人公。
4 恩迪米恩(Endymion):希腊神话中月神(Diana 或 Cynthia)所爱的美丽牧童。
5 提香(Titian):威尼斯杰出画家蒂齐亚纳·韦切利奥(1488—1576)的别名。
6 费德尔(Phedre):希腊神话中诸神之一。
7 帕埃斯图姆为意大利南部古城,多利安式神殿为此著名古城废墟的一部分。

8 埃尔·格雷科（El Greco 1541—1614）：西班牙画家。
9 柏拉图（Plato 前427？—前347）：古希腊哲学家，提倡理想主义，此处的"柏拉图式"意为理论上的、精神上的，而不是付诸行动的。
10 意大利语，意为"拒绝"。
11 浴盐（bath salt）：用来软化水质的有香味的化学结晶体。
12 利顿·斯特雷奇（Lytton Strachey 1880—1932）：英国文学评论家、传记作家。他的传记对于旧的传记文学是一种改革。

Chapter
< 12 >

第十二章

我对罗伊的许诺把我的思想又拉回到了我初到伦敦后的那几年的岁月中去。那天下午正巧事情不多,于是我决心散步去看看我的老房东,和她一起喝杯茶。记得那时候我是个初出茅庐的年轻人,到伦敦来上圣卢克医学院,报到之后我要寻找一个公寓寄宿,学校的秘书把赫德森太太的姓名告诉了我,叫我去找她。这位赫德森太太在文森特广场有一所房子。我此后在她那里住了五年之久,我住楼下两间房,楼上在会客室那一层住着威斯敏斯特学校的一位教师。我每周付一英镑房租,他付二十五先令。赫德森太太身材矮小,性情活跃,整天忙忙碌碌,她脸色很黄,长着一个鹰钩鼻子,可是她的黑眼睛却闪烁着一种我从未见到过的明亮、欢乐的光彩。她有一头浓黑的头发,每天下午和星期天一整天,她在颈后梳一个发髻,前额上梳一排刘海,就像在"泽西的莉莉"[1]的旧照片中你所看到的那种发饰。她有一颗金子般的心(虽然当时我并没有认识到,因为当你年轻的时候,你把别人对你的好意都看成是理所当然的)。她还是个极好的厨师,谁也做不出她做的菜心蛋卷的味道。每天清晨她一早起来点上男客们起居室的炉火,她说有了火,"他们就不会一边吃早饭,一边冻得要死,说真的,今儿早上可真冷得够呛";在每个房客的床底下塞一个扁平的洋铁澡盆，头天晚上装满水，这样，你早上洗的时候水就不那么凉了，如果早上她听不到你洗澡的声音，她就会说："嗨，我那二层楼的房客还没起床呢，他上课又要迟到了。"接着，她就会跑上楼去咚咚敲门，你会听到她的尖嗓门嚷嚷："你再不马上起床可来不及吃早饭啦，我给您做了一条特好吃的鳕鱼呢。"她整天忙碌，一边干活一边唱歌，她总是高高兴兴，笑容满面。她的丈夫比她年纪大很多。他曾在一些上等家庭里当过管事，留着连鬓胡子，举止彬彬有礼；他是附近一所教堂的管事，很受人尊敬。我们吃饭的时候，他在旁边服务，他还为我们擦皮靴，帮助洗餐具。赫德森太太一天中仅有的闲暇时间是在她开完了晚饭后（我是六点半吃饭，那位教师是七点）上楼来和她的房客先生们聊一会儿闲天。我真希望当时我能想到（就像埃米·德里菲尔德对她显赫的丈夫所想到的那样）把她的谈话做些笔记，因为赫德森太太实在是伦敦市民的幽默笑话的能手。她天生擅长对答，说话很快，用词恰当生动，她的那些逗人发笑的比喻和生动的短语简直是随时随地脱口而出。她是行为端正的典范，她从来不收女房客，她说你永远搞不清楚这帮女房客到底在干什么（"这帮女人一天到晚需要的总是没完没了的男人，要不就是要下午的茶点，薄薄的黄油面包；要不就是开开房门打铃要热水，整天这些事"）；但谈话中在使用当时人们称之为脏话的词儿时，她从来不吞吞吐吐。你可以用她对玛丽·劳埃德的评论来评论她自己："我喜欢她就是因为她老逗你乐。有时候她讲起男女的事是有点露骨，不过不会讲得有失分寸。"

赫德森太太对她自己的幽默颇为得意,我想她更乐于和她的房客聊天,因为她的丈夫的性格比较严肃,("他就该这样,"她说,"他是教堂管事,掌管红白喜事这类事儿呢。")不爱谈笑。我对赫德森唠叨:"你这会儿有机会就得乐,赶明儿你死了,埋了,再想笑也不行了。"

赫德森太太的笑话有些是来回重复的,那个关于她同十四号里出租房子的布彻小姐的争吵的故事几乎成了她笑话库里的看家故事,一年又一年地来回叙说。

"她真是只讨厌的老猫,可实话告诉你,要是哪个黄道吉日上帝把她请走了,我准保还会怪惦记她的。我说,上帝把她要去以后怎么对付她我还真纳闷,她活着的时候还真能逗我乐呢。"

赫德森太太的一口牙齿很糟,关于她应不应该去把它们拔掉装上假牙的问题她起码和大家讨论了两三年,在这些讨论中她的各种各样滑稽可笑的奇特念头的数量之多实在是令人难以想象的。

"昨儿晚上赫德森太太对我说:'得了,得了,把它们全拔了,这事就算了吧。'我对她说要是拔光了,我聊天的时候就没什么好聊的了。"

我已经有两三年没见到赫德森太太了。上次我去看她是因为接到她一封短信,她在信里邀请我去喝杯浓浓的茶并且告诉我:"到下个星期六,赫德森先生已去世整整三个月,他活到七十九岁,乔治和赫思特都给了我亲切的慰问。"乔治是她和赫德森结婚的结晶,现在也快到中年了,在伍尔威奇军械厂工作,他母亲二十年来一直不断地说,不定哪一天,乔治就会带个妻子回家来。赫思特是我在那里住宿的最后一段日子里赫德森太太雇用的一个什么活都干的女孩,她一直把她叫作"我那个小鬼丫头"。虽然当年我在那里寄宿时,赫德森太太已经三十多了,而现在离那时又过去了三十五年,可是当我悠闲地穿过格林公园往她家走去时,我丝毫不怀疑她还健在。她是我对青年时代的回忆中不可缺少的一个部分,就像在公园风景水池边上站着的塘鹅一样。

我下了台阶,赫思特为我开了门,她现在也快五十了,长得粗壮结实,可是在她那略带羞怯的笑脸上,却依然留有当年那小鬼丫头干什么事都马马虎虎的神情。她把我带到地下室的前室,赫德森太太正在替乔治补袜子,她摘下眼镜看着我。

"嗨,这不是阿申登先生吗?!谁会想到看见你啊?赫思特,水开了没有?你和我一块儿好好喝杯茶,好吗?"

赫德森太太比我当年初见她时略胖了一点,另外她的行动也不如以前轻快了,不过她的头发却依然乌黑如故,极少白发,还有她的眼睛也仍像衣服上的纽扣一般锃亮,并且闪耀着快乐的光彩。我在一张破旧的褐红色皮椅中坐了下来。

"你好吗,赫德森太太?"我问。

"应该说一切都好,只是我没有当年那样年轻了,"她回答,"我干不了你在这里那会儿的活儿了。我不能给房客先生们供应正餐了,只能给他们做点早饭。"

"你所有的房间都租出去了?"

"是的,谢谢老天。"

由于物价的上涨,赫德森太太的房租比当年我在这里住的时候要高多了,我想在她的俭朴生活中她的经济状况还是比较富裕的。不过当然,现在人们所要求的也比当年要多多了。

"你简直没法相信,开头,我不能不修洗澡间,接着又不得不安电灯,后来我要是不安电话,他们就怎么也不满意。再往后他们还要什么我简直说不好。"

"乔治先生说赫德森太太该想想退休了。"赫思特一边摆桌子一边说。

"你管自己的事吧,丫头,"赫德森太太厉声厉气地说,"我要是退休,那就是去进公墓。退休了要我整天就和乔治、赫思特待在一起,连说个话儿的人都没有,这哪儿行啊!"

"乔治先生说她应该在乡下弄一所小房子,好好养养自己的身子骨。"赫思特对赫德森太太的斥责毫不在乎,接着说。

"趁早甭提乡下。去年夏天大夫叫我到乡下去待六个礼拜,差点没把我整死,这是实话。那声音真吵得受不了。那些个鸟儿没完没了地唱。还有那公鸡叫、母牛叫。我实在受不了。你要是也像我一样这么多年一直安安静静地过日子,你也会受不了,一天到晚耳朵里尽是那些乌七八糟的声音。"

从赫德森太太家过去几户人家就到了沃克斯霍尔大桥街,街上电车来往,不断打着铃,此外还有隆隆的汽车声和出租汽车的喇叭声。可是如果赫德森太太听到这一切的话,对她来说她所听见的只是伦敦,而伦敦的声音使她感到安稳舒适,就像一个母亲轻轻哼着的催眠曲可以使一个烦躁的婴儿安静下来一样。

我环顾这间赫德森太太住了这么多年的简陋但却舒适、充满家庭气氛的小小起居室。我想也许我可以给她点什么她需要的东西。我注意到她有一架留声机。这是我唯一能想到的东西。

"你有什么需要吗,赫德森太太?"我问。

她若有所思地把圆圆的眼睛看着我。

"我想不起缺什么东西,不过你这么一提,我倒想起了我最想要的是让我再有二十年结结实实的身体和力气,让我还能照样地干活。"

我并不是个很容易感伤的人,可是当我听到赫德森太太这样意外又富有特性的回答时,我不禁感到喉咙有些哽住了。

当我应该告辞的时候,我问她我能不能去看一看我住过五年的房间。

"赫思特,跑上去看看格雷厄姆先生在不在家。要是不在,我想他不会在意你去看一眼房间的。"

赫思特急急忙忙地上楼去,过了一会儿,她稍带喘吁地跑下来说格雷厄姆先生出去了。赫德森太太随即陪我一起上楼。还是那张我曾睡过、做过梦的小铁床,还是那个五斗柜,还是那台脸盆架。但是那间起居室现在的陈设却带有一股运动员那种叫人窒息的活力;墙上挂着板球十一人球队、穿短裤的划船运动员的照片;高尔夫球棒靠在墙角,壁炉台上乱七八糟地放着带有某个学院院徽的烟斗、烟草缸。在我们年轻的时候，我们都信奉为艺术而艺术的准则，因此我在壁炉台上挂的是摩尔挂毯，窗帘用的是装饰用的哔叽布和胆汁绿的材料，四周的墙上挂的则是佩鲁吉诺、范戴克和霍贝玛等名家的绘画复制品。

"你那时候挺有雅兴的，是吗？"赫德森太太略带讽刺地议论道。

"很有雅兴。"我咕哝着。

当我回想起自从我住进这间小屋以来已经流逝的岁月，想到这些年中我自己的经历，一种伤感的情绪不觉油然而生。我在这张桌子上吃过多少顿丰盛的早餐和节俭的晚餐，我也正是在这张桌子上攻读过医科书籍，写出了我的第一部小说。我就是坐在这一张扶手椅里第一次读了沃兹沃思和司汤达的作品，读了伊丽莎白时代戏剧家和俄国小说家的作品，读了吉本、博斯韦尔、伏尔泰和卢梭等人的巨著。不知道自我之后哪些人接着使用过这些家具。可能有医学院的学生，实习期办事员，到伦敦财政金融界来探寻事业前途的年轻人和一些老年人，他们或在殖民地任职多年退休归来，或是多年的家庭意外地破裂了，剩下孤单一人。这间旧日的房间使我像赫德森太太说的那样突然神不守舍起来。我想起了先后住在这间屋子里的人们所产生过的对生活的希冀，对未来的美好憧憬，青年时代火一般的激情；但是也必然有人体验过内心的遗憾，幻想的毁灭，精神的倦怠，失去信心的退缩；有多少人在这间屋子里尝到过多少人生的滋味啊，几乎所有的人类感情都曾在这里掀起过波澜,这一切似乎使这间小屋奇怪地具有一层令人不安的不可捉摸的特性。我说不出为什么它使我突然想起十字路口站着的一个女人,她把一根手指放在双唇上,正回过头去招手示意。我这个暗暗的(也是很羞愧的)联想好像被赫德森太太感觉到了,她发出了一阵笑声,用她惯有的动作擦着她那显得很突出的鼻子。

"说真的,人可真滑稽,"她说,"有时候我想起所有在我这里住过的房客先生,你知道,要是我把我了解的他们的一些事告诉你,你还真会不相信呢。他们一个赛过一个地更有趣儿。我有时候一个人躺在床上,想起他们就会发笑。唉,这个世界要是你自己不三天两头找点事乐一乐,那可就没意思了。不过,老天在上,房客们的事也确实是够妙的了。"

1 泽西的莉莉(Jersey Lily):即莉莉·兰特里(Lily Langtry),英王爱德华七世的情妇,社交界著名美女。因来自泽西岛,故被称为"泽西的莉莉"。

Chapter
< 13 >

第十三章

我在赫德森太太家住了将近两年才又见到了德里菲尔德夫妇。那时我的生活很有规律。整个白天,我在医院里,下午六点左右我步行回到文森特广场。路过兰贝斯桥的时候我买一份《明星报》,带回去在晚饭前看。饭后我认真读一两小时书,那都是些提高我自己思想水平的书籍,因为那时我是个对自己要求非常严格、求知欲十分旺盛,同时也是很勤恳的年轻人。读完书后一般来说我开始写小说或剧本直到上床睡觉。我也不知道为什么那年六月末的一天下午我碰巧比往常早一些离开了医院,我想顺沃克斯霍尔大桥街散散步。我喜欢这条街上的繁忙喧闹声。它有一种邋邋遢遢的欢乐气氛,会使你感到很兴奋,并且觉得指不定什么时候你在这里会有一番奇遇。我带着一种梦幻般的感觉漫步走去,却突然吃惊地听到有人叫我的名字。我停下来环顾四周,大大出乎我的意料之外。德里菲尔德太太站在那里,她在朝我微笑。

"不认识我啦?"她叫着。

"认识。德里菲尔德太太。"

我虽然已长大成人,可是我自己知道我还和十六岁那时一样脸涨得通红。我感到很窘迫,头脑里充满了可怜的维多利亚时代对诚实这种道德品质的概念,因此一直对德里菲尔德夫妇在布莱克斯特博欠下一大堆债务偷偷逃走这种行为感到十分震惊。我觉得这实在太低级了。我一直以为他们这些年来也深以此事为耻,所以德里菲尔德太太竟然会同一个知道他们这件不光彩的事情的人说话使我实在吃了一惊。要是我先看见她的话,我肯定会把目光转开,假装没有看见,我会敏感地猜想她很害怕被我看见;但是,她现在竟然伸出手来,而且显然很高兴地同我握手。

"我真高兴见到一个布莱克斯特博的老熟人,"她说,"我们那次离开的时候太匆忙了。"

她笑了起来,我也跟着笑;不过她是很开心地像个孩子般地笑,而我则感到笑得有点勉强。

"我听说他们发现我们溜了以后还真是折腾了一番。泰德听到以后笑得要死。你叔叔怎么说?"

我很快就镇静下来,决定了应当如何与她对话。我不愿意让她以为我不能和别人一样懂得玩笑。

"嗨,你当然知道他是个什么样的人。他是很保守的。"

"是啊,布莱克斯特博就是太守旧了。他们需要醒一醒。"她友好地看了我一眼,"你个子可长高不少了。哈,还留了胡子。"

"是啊,"我一边说一边捻着我那并不太长的胡子,"我已经留了好多年的胡子了。"

"时间过得多快啊!四年前你还是个孩子,现在你已经是个男子汉了。"

"本来嘛,"我略带傲慢地说,"我都快二十一岁了。"

我注视着德里菲尔德太太。她戴一顶插着羽毛的小帽,穿一身浅灰色的裙衣,羊腿式的宽大衣袖,长长的拖裙。我觉得她看上去非常潇洒。过去我也一直觉得她的脸长得很好看,可是现在我第一次发现她很漂亮。她的眼睛比我记忆中的还要蓝,她的皮肤像象牙一般白皙。

"你知道吗,我们就住在拐角那儿。"她说。

"我也是。"

"我们住在林派斯路。我们离开布莱克斯特博之后不久就搬到这儿来了。"

"我在文森特广场住了也快两年了。"

"我知道你在伦敦。乔治·肯普告诉我的,我常常想,不知道你住在哪里。你现在就和我一起到我们家去吧。泰德看见你会非常高兴的。"

"也好。"我说。

我们一路走着的时候,她告诉我德里菲尔德现在是一家周刊的文学编辑;他刚出版的那本书销路比以往任何一本都要好,下一本书他大概可以拿一笔相当高的版权预支费。她好像消息很灵通,布莱克斯特博发生的事情她差不多都知道,这使我想起当初大家怀疑乔治老爷帮他们溜掉的事。我猜想乔治老爷不时给他们写信。我注意到一路上有些男人经过我们身边时都要看德里菲尔德太太几眼。我突然想到这些男人一定也觉得她很漂亮。我不觉走路时颇为神气起来。

林派斯路是一条与沃克斯霍尔大桥街平行的又长又宽又直

的大街。那里的一幢幢涂泥灰的房子外表都差不多,外面的粉刷都已经发黑,但房子结构都很结实,门廊都很宽敞。我想当年这些房子是为伦敦商业区的名流而盖的,但是这条街的地位日益低落,也许它从来也未能吸引它所应当拥有的房客;现在它那衰败的气象给人一种躲躲闪闪、避人耳目和寒酸的挥霍无度的印象,使你不禁想起那种曾经过过好日子而现在已经潦倒的人,至今还沉湎于昔日绅士的幻梦中絮絮不休地谈着他们年轻时代的显赫社会地位。德里菲尔德夫妇住的是一幢暗红色的房子,德里菲尔德太太把我让进一个狭窄的、黑洞洞的门厅,打开一扇门请我进去,并说:

"请进。我去告诉泰德你来了。"

她往门厅里面走了,我进了他们的起居室。德里菲尔德夫妇当时租了这所房子的地下室和一楼,房东太太住在楼上。他们的这间起居室里的家具看上去好像都是从拍卖行里匆匆搜罗来的。厚厚的丝绒窗帘带着老大的穗子,满是一个个套环和一簇簇花饰;有一套金色的家具,垫子和套子都是黄缎做的,钉了一大堆扣子;屋子中间有个特大的蒲团。有几个镀金边的玻璃柜,里面陈列着一大堆各种各样的小玩意,有瓷器、象牙雕刻、木雕、一些印度铜器;墙上挂着大幅的油画,画着高原的幽谷、牝鹿和苏格兰猎者的侍从。不一会儿,德里菲尔德太太带着她丈夫进来了,他热情地问我好。他穿一件很旧的羊驼呢外衣,一条灰色裤子;他把过去留的长胡子剃掉了,现在留着络腮胡和下巴上的一点小尖髭。我第一次发现他的身材竟这样矮小；不过他的派头看上去比以前神气了。他长得有那么一点不同寻常，我觉得这倒才是我想象当中的作家应当有的长相。

"你觉得我们这新居怎么样？"他问，"看上去挺阔气吧？我觉得这能唤起人的信心。"

他满意地环顾四周。

"泰德在后面有个小窝，他可以躲在里头写书，我们在地下室还有一间餐厅，"德里菲尔德太太说，"我们的房东考利小姐曾经是一位贵族夫人的女伴，这个夫人去世时把她所有的家具留给了她。你看这家具每一件都是很精美的，是吧？看得出这都是上等人家出来的东西。"

"这地方罗茜一眼就看中了，爱上了。"德里菲尔德说。

"你也是如此，泰德。"

"过去我们在很破旧的地方住了很久；现在变化变化，过过奢侈生活，学一学蓬帕杜夫人[1]之流。"

当我告辞时，他们恳切地邀请我再去玩。好像他们每星期六下午是待客日，一些各式各样我很想认识的人经常在这时间去拜访他们。

---

[1] 蓬帕杜夫人（Madame de Dompadour, 1721—1764）：法国国王路易十五的情妇，挥金如土。

Chapter
< 14 >

第十四章

我应邀去了德里菲尔德家，过得非常愉快，于是我接着去。当我秋天又回到伦敦继续我在圣卢克医学院的学习时，每个星期六去拜访他们已经成为我生活中的一个规律。我在那里第一次被引进了艺术和文学的领域；不过我严守秘密，不告诉任何人我在自己的寓所里也正忙碌地从事着写作；我遇到了其他正在写书的人，这使我十分激动，我入神地听着他们的谈话。各种各样的人都到德里菲尔德家去，那时候周末的活动还不多，打高尔夫球是被人们嘲笑的游戏，所以星期六下午，大多数人无事可做。不过到他家里去的并没有什么重要人物；反正我在那里见到的画家、作家和音乐家没有一个后来真正成名；但是那种聚会的气氛却是有教养的，活跃的。你会碰上寻找角色的男演员，叹息英国人没有音乐感的中年歌手，把作品在德里菲尔德的小钢琴上演奏、又悄悄说他的作品只有在音乐会大钢琴上才显得出其优美程度的作曲家，在大家的要求下朗诵一小段新作的诗人以及正在为自己作品寻找托销人的画家。偶尔，也会有个带爵位的人来增添这小集会的光彩；不过那是很难得的，因为当时的贵族阶层还没有变得狂放不羁，所以如果一个贵族竟和艺术家们混在一起，那必定是因为这位贵族或是闹出了臭名昭著的离婚案，或是由于打牌输了点钱还不起；

发生了这些事之后他（她）会觉得留在自己那贵族社交圈子里未免有点尴尬。当然今天这种情况都已变了。现代强制教育对世界的一大伟绩就是使写作这个行业在贵族和绅士阶层中广为流行。霍勒斯·沃波尔曾经编过一本《王室贵族作家一览表》；这样的书今天要写的话就会像百科全书一样厚了。哪怕是个礼节性的空头爵位也可以使几乎任何人成为一个知名作家，我敢肯定地说如果一个人想进入文化界，那就没有比高贵的出身更好的敲门砖了。

有时候，我真的这样想：我们的贵族院看来寿命不长了，用不了很久就会被废除，到那时，英国的法律最好能规定文学这个行业今后只准贵族院的成员和他们的妻子儿女来从事。我想这是英国人民对于这些贵族放弃他们世代相传的特权的最漂亮的补偿。这对于那些（数目可太多了）由于热心于养活歌女、赛马和赌博这类公共事业因而境遇穷困的贵族们是一个很好的糊口生计。另外，对于那些由于自然优选规律、随着时间的流逝变成了什么别的事也不能干，只适合统治英帝国的其他贵族来说也是个极好的消磨时光的职业。不过现在是个专门化的时代，所以如果我的计划被采纳的话，那么英国文学从此将因其各个不同范畴由英国贵族的各个阶层分别掌管而增添光彩。因此我愿进一步建议文学的低级范围将由爵位低下的贵族占有，而那些男爵、子爵们却应当专心致志从事新闻报道业和戏剧事业。至于小说嘛，可以成为伯爵们的特权专业。他们其实已经显示出对这门艰难艺术的天才；而且他们的人数之多，足以满足要求。还有侯爵,他们可以不成问题地从事文学中称作纯文学(我一直闹不懂为什么叫这么个名称)的专业。可能从金钱的角度看,这个专业赚不了多少钱,可是这个有其特殊的显赫地位的专业十分适合于拥有这样浪漫色彩的贵族头衔的作者们。

文学的桂冠是诗歌。诗的本身既包含了目的,也反映了结果。它是人类思想最崇高的表现。它是美的结晶。在诗人走过的地方,散文作家相形见绌,只能一旁让路;在诗人的面前,我们每个人看上去都活像块干酪。由此可见,诗歌的写作当然只能由公爵们来承担,而且我希望他们这一权利将受到法律最严格的保护,有侵犯者必处以酷刑,因为这样一门最最崇高的艺术如果不是由最崇高的人们来掌管,那简直是不可忍受的。而由于在这门艺术中也应当贯彻专业化的原则,因此我预见公爵们(就像亚历山大的继承者们那样)也需要把诗歌的各种类别在他们之间分摊一下,每个公爵根据其传统的影响及个人的喜爱和擅长认领其中的某个方面:据此,我又可以预见曼彻斯特公爵们专写说教和伦理道德方面的诗歌,威斯敏斯特公爵们专攻激动人心的、唤起人们对大英帝国职责的诗篇;而在我的想象中德文郡的公爵们则创作爱情抒情诗和普罗佩提乌斯[1]的哀歌体诗,至于说莫尔伯勒公爵们嘛,我想他们不可避免地要就天伦之乐、征兵和满足现状这类主题唱起田园诗的旋律。

可是如果你说这么安排好像有点吓人,并且提醒我说诗神不一定任何时候都是以雄伟的步伐昂首阔步,有时候她也会踮起神妙的脚尖细步轻盈飘然而来；如果当你想起智者的话——只要他能为这个国家写作歌词，他毫不在意谁去制定国家的法律，因而你问我（你很正确地认为这个工作交给公爵们是很不恰当的）应当由谁去拨动这一人类多变不定的灵魂偶尔会热切追求的这条琴弦时，我的回答是（显然，我早应想到）公爵夫人们。我充分意识到，那种罗马涅[2]多情农夫对着情人唱起托尔夸托·塔索[3]的歌词，那种汉弗莱·沃德夫人轻摇着小阿诺德的摇篮低声吟唱《俄狄浦斯在科罗诺斯》[4]中的合唱曲的时代已经一去不复返了。我们今天的时代要求更为现代化的歌曲。因此我建议那些比较热心家务的公爵夫人应当写作我们的赞美诗和我们的幼儿园歌谣；而那些活泼风流的公爵夫人们，就是那些总想把葡萄叶子和草莓混在一起的公爵夫人们则应当去为喜歌剧写抒情歌词，为滑稽报刊写幽默诗，为圣诞卡片和爆竹去写箴言。我想她们这样做会有助于在英国广大百姓的心中维护她们迄今为止仅靠她们显贵的爵位来支撑的地盘。

我就是在这些星期六下午的茶会上很惊讶地发现爱德华·德里菲尔德竟已成为一个显要人物。当时他已经写了二十来本书，虽然这些作品都没有卖多少钱，可是他的声誉却已颇为突出。最好的评论家钦佩他的作品，到他家里来的朋友们都一致认为总有一天他会成名的。他们埋怨社会公众竟看不到这里有一位伟大作家。既然要抬高一个人，最容易的办法是贬低另一个人，因此他们任意地诽谤所有名声超过德里菲尔德的现代作家。其实，如果当时我对文艺界有像我后来那样了解的话，我应当从巴顿·特拉福德夫人对他相当频繁的拜访中预见到爱德华·德里菲尔德会如同一个长跑运动员那样,突然向前冲刺,超过了和他一起的那一小撮疲惫不堪的选手,而且这样的一天已经为期不远了。坦率地说,当我初次被介绍给这位夫人时,她的名字没有引起我任何注意。德里菲尔德对她说我是他在乡间居住时的一位小邻居,现在是个医科学生。她朝我甜甜地一笑,轻声细语地说了些关于汤姆·索耶的话,接过我递给她的黄油面包,就接着和她的主人谈话了。可是我注意到她的到来总是使在座的人肃然起敬,原来喧闹、欢乐的谈话由于她的到来突然停止。有一次我曾低声打听过她是什么人,我发现我的无知是惊人的。旁边的人告诉我,她曾经促成某人和某人一举成名。一般她都只坐半个小时,然后站起身来,很有风度地和她认识的人们一一握手告别之后,以一种轻盈甜美的姿态侧身走出房间。德里菲尔德总是把她送出大门,将她扶上马车。

巴顿·特拉福德夫人那时大约五十岁上下;她身材瘦小,但五官却相当大,这就让人觉得她的头部太大,与她整个身子不大成比例;她一头银发,像米罗的维纳斯女神[5],人们认为她年轻时长得很可爱。她穿着谨慎,经常穿黑丝绸的衣裙,脖子里挂一串长长的珠子或贝壳项链。据说,她早年的婚姻很不美满,在我见到她时,她已经和一位在内政部任职的著名史前人类学权威巴顿·特拉福德结为夫妇多年。她给人一种奇怪的感觉,好像她浑身上下没有骨骼,要是你捏一下她的小腿(当然,这种行为,出于对女性的尊重以及她本人固有的一种内在尊严的仪态,我都不可能这样轻举妄动),你的手指头会相互碰上。当你拿起她的手时,你会觉得好像拿起了一条软而滑的鲽鱼。虽然她脸上各个部位都显得太大,但是她整个脸庞却有着某种多变的不固定的味道。当她落座时,她似乎没有脊椎骨一般,你会觉得她似乎像一个昂贵的靠垫,里面装的是天鹅绒。

她的一切都是轻柔的,她的声音,她的微笑,她的放声大笑;她那细小浅色的眼眸带着花一般的温馨;她那举止犹如夏日雨水一般柔和。就是这样一种不寻常的、惹人喜爱的特征使她成为很多人最动人的朋友。也正是这些特征使她赢得了社会上的声誉。几年前,那位伟大的小说家的去世震撼了整个英语世界,而所有人几乎都清楚地知道这位小说家和她之间的友情。小说家逝世后不久,在大家的劝说下,她公开发表了他给她的大量信札。人人都读了这些信。几乎在这些信件的每一页上都充满了他对她美貌的倾倒,对她判断力的敬佩;他无法充分用言语表达他是如何感谢她对他的鼓励和同情,感谢她的机智策略和她的欣赏趣味;如果有些人会以为这些信件中的某些表达感情的方法会使巴顿·特拉福德先生读起来产生某种混杂的感情,那只能给作品增添人情味。其实,巴顿·特拉福德先生已超越了一般凡夫俗子的偏见(他的不幸,如果能算作不幸的话,是历史上很多伟大人物都以哲学的观点忍受下来的)。不仅如此,他还同意放下他对旧石器时期后期的火石和新石器时期斧头的研究,写一篇文字介绍这位已故小说家的生平,其中他肯定地表示这位作家的天才之所以能充分发挥,很大部分是由于他妻子的影响。

　　但是巴顿·特拉福德夫人对文学的兴趣和对艺术的热爱，并没有因为她为之出过大力并且对其成就起过重要辅助作用的朋友已经成为后代人的纪念而消亡。她博览群书，稍有关注价值的作品都不会为她忽视，而她总是会很快就同任何显示出才能的年轻作家建立起个人关系。她的名声，特别是在那篇介绍已故小说家的生平的文字发表之后，已经很大，她完全知道没有任何人会对她准备给予的同情关怀犹疑不决，不去接受。一般地，巴顿·特拉福德夫人交友的天才总会有表露的机会。当她读了某个作品认为不错时，本人也是个有相当见地的评论家的巴顿·特拉福德先生就会写一封热情洋溢的信给这位作者，对他的作品表示欣赏并邀请他来共进午餐。午餐后，巴顿·特拉福德先生一般都要回内政部去上班，于是他总是把这位作家留下来同巴顿·特拉福德夫人谈一谈。很多人都接到过邀请。这些人都各有所长，不过这还不够，巴顿·特拉福德夫人有一种敏锐的直觉，她相信她自己这种直觉；她的这种直觉要她耐心等待。

　　她非常谨慎小心以至在贾斯珀·吉本斯的问题上她差点坐失时机。过去的记录曾告诉我们有些作家可以一夜之间成名，但是我们今天的世界是个更为谨慎的世界，这类例子已听不到了。评论家们总要等着看看形势将如何发展再做出决定，而广大读者则因为读到乳臭未干的作品太多了，因而也不愿贸然表态。可是在贾斯珀·吉本斯的身上却几乎确确实实地是一下子忽享盛名。现在他已差不多被人们完全忘却了，那些曾经赞扬过他的评论家要不是在无数报馆的档案中都有存档资料的话，会很愿意收回他们过去说过的话。在这种情况下，人们想起当年他的第一本诗集出版时所掀起的激情实在令人难以置信。当时的主要报刊都大篇幅地刊登对他这本诗集的评论，其版面几乎相当于他们给悬奖拳击赛的报道，最有影响的评论家争先恐后地对他表示热切的欢迎。他们把他比作弥尔顿（就其无韵诗的响亮来说），比作济慈（就其丰富的引起美感的比喻而言），比作雪莱（就其优雅的想象来说）；他被当作一根棍棒去鞭打那些评论家们已经厌倦的偶像，他们用他的名字使劲地抽打坦尼森勋爵干瘪的屁股，还在罗伯特·布朗宁的秃脑袋上拍了几巴掌。公众像耶利哥之墙倒塌一般纷纷拜倒。他的作品出了一版又一版，你在位于梅费尔的伯爵夫人的闺房中可以看到贾斯珀·吉本斯的精装本，你在英国最南端到最北端的任何牧师起居室里，在格拉斯哥、阿伯丁和贝尔法斯特的诚实而有文化教养的商人客厅里都能见到他的作品。当人们得悉维多利亚女王从皇家出版人手中接受了一本装潢特殊的吉本斯诗集并回赠他（不是诗人本人，而是出版商）一本《高原拾零》时，全国上下为之振奋，对吉本斯的热情到了狂热的程度。

而所有这一切都发生在瞬息之间。当初希腊有七个城市声称都是荷马的出生地，为此争吵不休，虽然贾斯珀·吉本斯的诞生地是众所周知、无可争议的（沃尔索尔），但是七个加一倍数量的城市却争相宣布是他们发现了吉本斯；一些文学界杰出的评论家二十年来都在周报中互相吹捧,而现在却为此吵得面红耳赤,以至当他们在文学协会中见面时相互视为仇敌,互不讲话。我们这个伟大的社会在确认这位诗人方面是毫不怠慢的。他参加各种午宴,守寡的公爵夫人、内阁大臣的夫人们以及主教们的遗孀都争相请他去喝茶。据说,哈里森·安斯沃思是第一个平等地参加各种社交活动的英国文化人(我有时奇怪为什么那些有雄心的出版商在这方面没有考虑到出版他著作的全集);我相信贾斯珀·吉本斯是第一个让自己的名字印在一些家庭茶会请柬里以招揽来客的诗人,而他的名字确实如同一个歌剧演员或是一个会施展法术使自己说的话从别人嘴里吐出来的腹术师一样对人们有吸引力。

在这种情况下,巴顿·特拉福德夫人毫无疑问地必须从一开始就介入其中,取得有利地位。她只能在公开的市场上进行这笔买卖。我不知道她采用了什么惊人的战略,什么奇迹般的计策,什么样的体贴关怀,什么样出众的同情,又是什么样悄然的奉承;我只能从旁猜测,表示钦佩;她最终把贾斯珀·吉本斯骗到手了。很快,他就完全被控制在她柔软的手下了。她做得非常漂亮。她把他请来,让他同适当的人们共进午餐;她举行家庭茶会,请他为在座的英国社会最显赫的人物朗诵他的诗歌;她把他介绍给最著名的演员,这些演员请他为他们写剧本;她负责让他的诗歌刊登在最合适的出版物上;她代表他与出版商谈判,她为他所签订的合同可以使内阁大臣都目瞪口呆;她小心防备,要他只接受她所同意的邀请;她甚至把他和他那共同幸福生活了十年的妻子拆开，因为她认为一个诗人要完全忠实于自己和自己的艺术就绝不应受家庭的干扰。当他最终垮台的时候，巴顿·特拉福德夫人如果愿意这样说的话，完全可以说她已经为他做了力所能及的一切了。

因为最后真是垮台了。贾斯珀·吉本斯又出了一本诗集；它既不比第一本好，也不比它糟；和第一本相差无几；人们有礼貌地对待这第二本诗集，但是评论界对此是有所保留的；有些人还吹毛求疵有所批评。总之，这本诗集令人失望。销路也不好。而不幸的是，贾斯珀·吉本斯开始酗酒。他从来不习惯于手里有钱，也不习惯于奉献给他的种种奢华享乐，可能他开始思念他那相貌平常、普普通通的小个儿妻子；有一两次，他在巴顿·特拉福特夫人家参加宴会，凡是不像巴顿·特拉福特夫人那样超凡脱俗和思想单纯的人，都会认为吉本斯简直是处于可以称得上是烂醉如泥的状况。可是巴顿·特拉福特夫人却向客人们解释说诗人今晚有点异常。吉斯本的第三本书完全失败了。评论界简直把他批评得体无完肤。他们把他打翻在地，又踩上几脚，用爱德华·德里菲尔德爱唱的一首歌的歌词说，他们把他满屋子拖着走，然后踏在他的脸上；他们当然火冒三丈，因为他们把只不过是个写作流利的打油诗的作家错当成了不朽的诗人，于是他们决定，吉本斯应当为他们的错误付出代价。后来他由于在皮卡迪里大街醉酒和妨害治安被警察逮捕，巴顿·特拉福德先生不得不在半夜去瓦因街把他保释出来。

巴顿·特拉福德夫人在这样的时刻的表现是极为完美的。

她没有抱怨,从她的嘴里听不到一句刻薄的话。即使她感到一定程度的愤懑那也是可以原谅的,因为她为这个人出了这么大的力,而现在他却坑了她。她仍很温柔、体贴、满怀同情。她是唯一能理解他人的妇女。最后她把他抛弃了,但并不像丢掉一块滚烫的砖头或土豆那样。她是以无限柔和的办法把他抛弃的,无疑像她在做出某种违背她本性的决定时所流过的泪水那样柔和;她抛弃他时是那样的策略,那样的通情达理,以至贾斯珀·吉本斯本人恐怕还没有意识到他是被抛弃了。不过她抛弃了他这一点是毋庸置疑的。她不会说任何伤害他的话,实际上,她根本不愿再谈起他,当别人提到他时,她只是略带伤感地微微一笑,接着长叹一声。但是她的微笑是带着慈悲的致命一击,而她的长叹则深深地将他埋葬了。

巴顿·特拉福德夫人对文学的热爱是那样的真诚,所以她不会让这样一次挫折长时间地使自己消沉;不论她多么失望,她是个具有公正无私秉性的妇女,她不会让自己天生的富于策略、同情和理解的本性不发挥作用。因此她继续在文学界活动,参加这里那里的茶会、晚会和家庭聚会,她依然是那样温柔可亲,她认真地听别人讲话,但同时保持警觉批评的态度,决心(如果我可以这样直截了当说的话)下一次要支持一个胜利者。她正是在这时结识了爱德华·德里菲尔德并对他的天赋产生了好感。的确,德里菲尔德已不是年轻人,但是他也不会像贾斯珀·吉本斯那样一垮到底。她向他奉献上她的友谊。当她用她那固有的温和口气对德里菲尔德说她认为德里菲尔德如此杰出的著作竟只被很少数人所知,这实在是社会的耻辱时,德里菲尔德不能不为之心动。他感到高兴,感到她实在是过奖了。听别人断然地说你是个天才这总是很令人愉快的。她告诉他巴顿·特拉福德先生正在考虑为一个季刊写一篇关于他的重要文章。她邀请他去出席午宴,介绍他认识一些可能会对他有用的人。她希望他结识一些与他同样有智慧的人。有时候,她和他一起到切尔西堤散步,他们谈论已经作古的诗人,谈论爱情与友谊,他们去伦敦的ABC咖啡馆喝茶。当巴顿·特拉福德夫人到林派斯路德里菲尔德的寓所来参加星期六下午的茶会时,她的姿态就像一个要举行婚礼飞行的蜜蜂皇后。

她对待德里菲尔德太太的态度也是无可非议的。她和蔼可亲又不显得高人一等。她总是很亲切地感谢她允许她来看望她并且称赞她的容貌。如果她在她面前带一点羡慕的口吻夸奖德里菲尔德,说能够与这样一位杰出的人物结为伴侣是多么大的幸福,那也纯粹是出于好意,而并非因为她知道对一个作家的妻子来说再没有比听另一个女人夸奖自己的丈夫更为可恼的了。她和德里菲尔德太太谈的都是后者简单的天性所能感兴趣的简单的事情,例如烹调方法、用人问题和爱德华的健康以及她应当如何细心照顾他等等。巴顿·特拉福德夫人对待德里菲尔德太太的态度完全像一位出身苏格兰上等家庭的妇女(而她确实是这么个人)对待一位显赫的文人在不幸的婚姻中与之结合的前酒吧间女招待的态度。她对她彬彬有礼,随随便便并且很温和地要使她感到很自在,不拘束。

奇怪的是，罗茜却总是受不了这位夫人；回想起来，巴顿·特拉福德夫人是我所知道的她唯一不喜欢的人。当时，就是酒吧间女招待也极少在谈话中使用"骚货"和"见鬼的"这类字眼，虽然今天就是最有教养的女士们，这类词汇也已成为她们的常用词了。我从来没有听罗茜用过一个会吓坏我苏菲婶婶的字眼。只要有人讲个猥亵的故事，她马上会面红耳赤。但是每当她提到巴顿·特拉福德夫人时，她却总是称她为"那该死的老婆娘"。她的比较亲近的朋友要费很大力气去劝她对特拉福德夫人客气一点。

"别发傻气，罗茜。"他们会这样说。他们都叫她罗茜，所以我后来虽然是怪不好意思地，但也习惯于这样称呼她了。"只要特拉福德夫人愿意，她是可以让德里菲尔德成名的。他必须要应付她。要是有人能把事弄成功的话，这个人就是她。"他们都这么说。

德里菲尔德家星期六下午的客人大多数并不是经常来的，他们中有人隔一周来一次，有的隔两三个星期，可是有一小撮人，跟我一样，却几乎每个星期都是他们的座上客。这些都是他们最忠实的支持者；我们到得很早，走得很晚。在这一小撮人中，最最全心全意的是昆廷·福德、哈里·雷特福德和莱昂内尔·希利尔。

昆廷·福德身材矮小粗壮，有个漂亮的脑袋，后来有一阵，电影里很流行这种脸型，笔直的鼻梁，好看的眼睛，剪得很整齐的灰头发，黑色的小胡子。如果他再高出四五英寸的话，他可以成为那种通俗喜剧中最典型的恶棍形象。大家都说他有些很好的社会关系，他也很富裕；他唯一的职业是促进艺术。他出席所有的首场演出和非公开演出。他虽然是个业余爱好者，对艺术却很苛求，他对他同时代人们的那些作品抱一种客气的但彻底的蔑视。我发现他到德里菲尔德家里来并不是因为德里菲尔德是个天才，而是因为罗茜的美貌。

现在回想起来，我自己也不禁十分惊讶，那样明显的事情我竟还要别人道破我才发现。当我初次结识罗茜的时候，我从来没有想过她长得漂亮还是一般，而当我相隔五年之后又见到她时，我第一次注意到她很美，我对此颇感兴趣，但也并没有过多地去想它。我把她的美貌看作如同北海或者泰肯伯里大教堂尖塔上面的落日一样，是自然界的一种规律。所以当我听到别人谈论罗茜长得很美时，我的确相当吃惊，而当他们对着德里菲尔德夸奖罗茜的容貌，他的眼光在她脸上停留片刻时，我也禁不住跟着看她一眼。莱昂内尔·希利尔是个画家，他请罗茜让他画一张她的像。当他谈到这幅计划中的画像并且告诉我他在罗茜的身上看到了什么时，我只能傻乎乎地听着。我感到迷惑不解。哈里·雷特福德认识一位当时很出名的照相师，他讲好了特殊条件，把罗茜带去请他照相。过了一两次星期六聚会后，样片出来了，我们大家都欣赏着照片。我还从未见过罗茜穿晚礼服。照片中，她穿一身白缎礼服，长裙宽袖，袒胸；她的头发比平时要梳得更精心。照片中的她和我当初在乔伊巷所见到的那个高大粗壮、戴草帽、穿浆过的衬衫的年轻妇女是大不相同了。可是莱昂内尔·希利尔不耐烦地把照片扔在一边,说:"糟透了。"

"一个照相师能把罗茜照成什么样呢?她的美在于她的色彩。"他说着转向了她,"罗茜,你知道吗?你的色彩是我们这个时代最伟大的奇迹。"

她看看他,没有回答,可是她那丰满红润的双唇却绽开了一个她那常见的孩子气的恶作剧的微笑。

"要是我能把你的色彩哪怕画出几分来,我这辈子的事业就算成功了,"他说,"所有那些有钱的股票经纪人的老婆都会跑来磕头要我像画你那样来画她们。"

不久,我听说,罗茜真的去让他画像了,我从未参观过画家的画室,在我的想象中,那是风流韵事的入门处,我要求希利尔让我去看看画进展得如何了。可是他说他还不想让任何人去看他的作品。希利尔那时三十五岁,他的相貌很花哨。他看上去像一幅范戴克的肖像画,只是那与众不同的气质被一种和和气气的神情所代替了。他的身材中等偏瘦;有一头厚厚的黑色浓发,漂亮的上唇小胡须加上下巴下面的一小撮尖胡子。他喜欢戴墨西哥式的阔边帽和西班牙式的便帽。他在巴黎住过很长时间,常常以钦佩的口气谈论一些我们从未听说过的画家如莫奈,西斯莱,雷诺阿,但却以蔑视的态度评论在我们内心深处十分敬仰的弗雷德里克·莱顿爵士,阿尔玛-塔德玛爵士以及G. F. 沃茨先生。我有时想不知他后来怎么样了。他在伦敦住了几年,希望有一番成就,可是大概失败了,于是飘落到了佛罗伦萨。听人家说他在那里办了一所绘画学校,可是很多年后,当我偶然在那个城市里停留时,我四处打听他的下落,但没有一个人听说过他的名字。我觉得他还是有些才能的,因为直至今日,我还能清楚地记起他给罗茜画的那幅肖像。不知道这幅像后来的命运如何,是被毁掉了还是被藏在什么地方了,也许是在切尔西的一家旧货店阁楼上?我很希望这幅肖像能找到一个地方悬挂起来,即使是挂在外省的一个什么画廊里也好。

当希利尔最后同意我去看这幅画像时,我可真是地地道道地陷入了窘境。他的画室在富勒姆路,在一排店铺后面的一群房屋中,到他的画室去要走过一条又黑又臭的过道。我去的那天是三月份的一个星期天下午,天气很好,天空碧蓝,我从文森特广场步行穿过空旷的街道。希利尔住在画室里;他睡在一个很大的长沙发椅里,画室的后面是一间很小的房间,希利尔在那里做自己的早餐,洗他的画笔,也许包括洗他自己。

当我到达的时候,罗茜还穿着她画像的服装,他们正在喝茶。希利尔为我开了门,拉着我的手把我带到那块大幅画布前。

"她在那儿。"他说。

他给罗茜画了一幅全身像,只比真人稍小一点,罗茜在画中穿一身白色丝织长裙。这幅画像同我所习惯见到的学院派肖像大不相同。我不知道该说些什么,于是说出了我想到的第一个念头。

"什么时候画完?"

"已经完了。"他回答。

我脸涨得通红。我觉得自己是个十足的傻瓜。那时候我还没有掌握我今天认为自己已经掌握的用来对付现代派画家的技巧。如果需要的话,我可以写一本很简练的小册子,告诉那些绘画外行们,他们应当如何用各种各样的方法来向各种流派的画家表示对他们创作灵感的欣赏,使这些画家听了满意。对无情的现实主义画家们应当惊呼"上帝啊!"以表示对他们创作力量的钦佩;如果画家请你看一幅郡长的寡妇的彩色照片,你应当说"这真是实心实意的",以掩盖你的窘态;如果要表示对一位印象主义后期画家的敬仰,你应当低声吹起口哨;对立体派画家,你最好说"太有意思了",而"噢"是用来表示你深为感动,"啊"则用以表示你简直佩服得五体投地。

"这画太像了。"可是在当时我却只能笨拙地说了这么一句话。

"在你看来还不是最够味的。"希利尔说。

"我觉得它非常好,"我很快回答道,以此来掩饰窘态,"你准备把它送到皇家美术院吗?"

"天哪,我才不呢!我可能送到格罗夫纳6去。"

我看看画像,再看看罗茜本人,再从罗茜回到画像。

"回到画像的位置上,罗茜,"希利尔说,"让他看看你。"

她站起来,走到模特儿的位置上。我盯着她看看,再盯着画像看看。我的心脏产生了一丝奇怪的感觉,好像有人轻轻地往上面插进了一把尖刀,可是这感觉并不难受,虽有点痛苦却奇怪地舒适;接着我突然感到双膝发软。现在我已分不清究竟我记忆中的罗茜是她的真人还是她的画像，因为每当我想起她时，已不是那个我最初见到的穿着衬衫、戴着草帽的罗茜，也不是那时以及后来她穿着其他衣服时的形象，而总是希利尔所画的那件白绸衣裙，头发上戴一个黑丝绒的蝴蝶结，而且总是希利尔要她摆出的那个姿态。

我从来也不知道罗茜究竟有多大年纪，我尽可能算算年头，我想那时她一定有三十五岁了。不过她可一点都看不出。她的脸上没有什么皱纹，她的皮肤像孩子一般滑润。我记得她的五官长得并不太好。她肯定没有那些当时所有店铺都出售照片的高贵夫人们的贵族气概；罗茜的相貌相当粗线条。她的短鼻子稍大一点，她的眼睛又偏小一点，而她的嘴却又很大；但是她的眼眸却有着野菊花的那种蓝色，而且当她微笑时，那蓝色的眸子会和她那红润肉感的双唇一起绽出笑意，而她的这种微笑是我有生以来所见到的最欢快、最友好、最甜美的微笑。她天生带一种低沉阴郁的表情，可是每当她微笑的时候，这种阴郁会突然变得特别富有吸引力。她的脸色并不红润，而是一种很淡很淡的褐色，只有眼睛下面微微泛出浅蓝。她的头发是浅金黄色，梳着当时流行的发型，前面堆得很高，留一排精心梳理的刘海。

"要画她可真是个大难题，"希利尔看看罗茜又看看自己的作品说，"你看，她浑身是金色的，她的脸和她的头发，可是她给你的总的印象却不是一种金黄色的，而是银白色的。"

我懂得他的意思。罗茜是闪光的，但不像太阳而像月亮那样淡淡地闪光,如果要把她比作太阳的话,那她也是在黎明时蒙蒙白雾中闪光的太阳。希利尔把她画在正中,她站在那里,双手下垂,手心向着你,头部微微后仰,这种姿态特别突出了她颈部和胸部那珍珠般的美。她站着,像一个演员在向观众谢幕,她似乎没有意料到这样热情的鼓掌,因而有点不知所措,然而在她的身上洋溢着一种气质,那样纯洁,那样奇妙,如泉水般地清澈,因此把她比作一个演员是荒唐的。画中这个质朴的人从未见过化妆油彩或是舞台的灯光。她站在那里像一个善于爱他人的少女,天真无邪地把自己投入情人的怀抱,她是那样地纯真无辜,因为她是在完成自然的使命。她这一代人并不怕身体显露出丰富的线条来;她很苗条,但她的胸部却很饱满,她臀部的线条也很分明。后来,当巴顿·特拉福德夫人看到这幅肖像时,她说这幅画使她想起一头供作祭品的小母牛。

1 普罗佩提乌斯(Propertius 约前50—公元15):古罗马田园诗人,著有四集哀歌体情诗。
2 罗马涅(Romagna):意大利地名。
3 托尔夸托·塔索(Torquato Tasso 1544—1595):意大利诗人。
4 古希腊三大悲剧家之一索福克勒斯所著著名悲剧。
5 米罗(Milos)是希腊小岛。1820年在此发现著名的维纳斯女神雕像。此像现存巴黎卢浮宫。
6 格罗夫纳(Grosvenor):伦敦著名私人画廊。

Chapter
< 15 >

第十五章

爱德华·德里菲尔德都在夜间工作,罗茜无事可做,很乐意和她的朋友中的任何一人出去玩。她喜爱奢华,而昆廷·福德很富裕,每逢他邀请罗茜出游,总是雇一辆马车,请她到克特纳饭店或是萨沃伊饭店就餐,而罗茜也总要为他穿上最华丽的衣服;哈里·雷特福德也邀请她出去,虽然他身无分文,他的行为却似乎显得颇有点钱的样子,他也总是雇一辆小马车,把她带到罗马诺饭店或是苏豪区那些当时越来越时髦的小饭店里去吃饭。他是个演员,很聪明,可惜的是很难找到适合他的角色,所以经常失业。他大约三十岁,相貌很丑,但却令人喜欢,他说话的时候有点丢音节,所以听起来很滑稽。罗茜喜欢他那种对生活满不在乎的态度,他穿的是伦敦最高级的裁缝做的衣服,虽然他没有付工钱,但穿在身上却仍然架子十足,口袋里一分钱没有,却可以随随便便地在一匹赛马身上赌五镑,如果他走运赢了,身上有了钱,他会特别慷慨地挥霍这些飞来之财。他总是高高兴兴,态度可亲,他虚荣,爱吹嘘,无所顾忌。罗茜告诉我说有一次他典当了自己的手表请她去吃饭,后来又带她去看戏,戏票是一个演出经理送的,哈里向这位经理借了几镑钱,为的是散戏后请他随他们一起去吃夜宵。

但是罗茜同样高兴地接受莱昂内尔·希利尔的邀请,到他的画室里去和他一起做一顿排骨吃，吃完了就和他聊一个晚上。她很难得和我一起去吃饭，偶尔同我出去时，我总是在文森特广场寓所吃过饭，她和德里菲尔德一起在家吃过饭，然后我们一起乘公共汽车去音乐厅。我们还去过其他一些地方，我们到帕维利恩去，到蒂沃利去，有时候如果有个剧目我们想看的话，我们也到都会大剧院去；但我们最喜欢去的地方是坎特伯雷。那里价钱便宜，表演很好。我们一般叫上几杯啤酒，我抽我的烟斗。罗茜总是四周环顾这偌大的昏黑的烟熏的房间，这里挤得满满的顾客都是伦敦南区的居民。

"我真喜欢坎特伯雷，"她说，"这地方特别亲切。"

我发现她读过很多书。她喜欢历史，但是只是某些方面的历史，例如皇后们和王室成员的情妇们的生活；她常常会带着一种孩子气的好奇给我讲她读到的各种稀奇故事。她对亨利八世的六个妻子的情况了如指掌，费察伯特夫人和哈密尔顿夫人的故事几乎没有什么她不知道的。她读书的胃口是惊人的，从卢克丽霞·博吉亚到西班牙菲利普王的妻子们，她无所不读；她还读过法国皇室的一大串情妇们的艳史。她知道所有这些人物以及有关她们的事情，从阿格尼斯·索雷到杜白利夫人。

"我喜欢读真实的事情，"她说，"我对小说没多大兴趣。"

她喜欢闲谈布莱克斯特博的各种琐事，我想她愿意和我一起出去玩是因为我和布莱克斯特博的关系。她好像非常了解那儿的事情。

"我每隔一周去看我母亲一次，"她说，"就待一个晚上。"

"到布莱克斯特博去?"

我很吃惊。

"不,不去布莱克斯特博,"罗茜笑着说,"现在我还不大想去那儿。我到哈弗沙姆去。我母亲到那儿去和我碰头。我住在我以前干过活的那家饭店里。"

罗茜从来不健谈。我和她一起出发时,碰上好天气,我们经常看完节目后从音乐厅走回家,一路上她总是一言不发。但是她的沉默却使人感到很亲切也很舒适。你并不感觉自己被排除在她所想的事情之外;你觉得你和她在共享这种充满着恬静的心情。

有一次我和莱昂内尔·希利尔谈起罗茜,我说我真奇怪她怎么会从当初我认识的那个清新、相貌好看的年轻女子变成了现在这么个人人都认为十分美貌的可爱模样。(也有人对她的容貌有所保留。"当然,她的身材不错,"他们说,"不过我个人并不太欣赏她那样的脸型。"另一些人又说:"嗯,是啊,长得挺漂亮,可惜缺一点与众不同的特点。")

"我要不了半分钟就可以回答你,"莱昂内尔·希利尔说,"你最初认识她的时候,她不过是个自然丰满健美的少女。是我把美赋予了她。"

我不记得当时我怎么回答他的,但我的话肯定是一种很粗鲁的嘲讽。

"好吧。不过这只能说明你根本不懂得什么是美。在我发现罗茜像一个闪着银光的太阳之前,谁都没有认为她的容貌有什么特别美的地方。一直到我替她画了那幅肖像之后，人们才看到她的头发是世界上最美的东西。"

"你是否也创造了她的脖子，她的胸脯，她的姿态和她的骨头啊？"我问。

"是的，浑小子，这正是我创造的。"

每当希利尔当着罗茜的面谈论她的容貌时，她总是带着微笑严肃地倾听着。她苍白的双颊泛起一片红晕。我觉得她开始听希利尔谈起她的美貌时，以为他是在同她开玩笑；后来当她发现希利尔并不是开玩笑，当希利尔把她画成泛着银光的金黄色时，这一切对她也并没有起什么特殊作用。她只是稍稍觉得有趣，当然有点高兴，也带点惊异，不过她并没有头脑发热。她觉得希利尔有那么点发疯。我曾多次想过他俩之间有没有什么特别关系。我无法忘记我在布莱克斯特博听到的关于罗茜的种种传说，也忘不了我在叔父家花园里所看见的情景，我也怀疑她和昆廷·福德以及她和哈里·雷特福德的关系。我常常注意他们和她在一起时的表现。她并不显得和他们特别亲昵，倒像是一种忠实的好朋友之间的关系；她往往当着所有在场的人的面和他们定约会时间；当她注视他们的时候，她总是带着那种调皮的、孩子气的微笑，而我发现她这时的微笑带着一股神秘的美。有几次当我们并排坐在音乐厅里的时候，我看着她的脸；我并不觉得我是爱上了她，我只是感到静静地坐在她的身旁看着她那淡金黄色的头发和淡金黄色的皮肤是一种极好的享受。当然莱昂内尔·希利尔是对的；奇怪的是罗茜身上的这种金黄色的确给人以新奇的月光般的感受。她有一股夏日傍晚当光线从无云的晴空中逐渐隐退时的那种恬静。她这种非同寻常的宁静并不使人感到枯燥;它就像八月阳光下肯特海岸外平静、闪耀的海水一般充满活力。她使我想起一位古老的意大利作曲家所创作的一首小奏鸣曲,在它沉思的旋律中却表现出温雅的浮躁,它的光彩掀起欢快的涟漪却同时静静地衬托出颤抖叹息的回声。有时候,她感觉到我在看她,于是转过头来有那么一会儿直视着我的脸。她不说话,我不知道她在想什么。

我记得有一次我到林派斯路去接她。侍女告诉我说她还没有准备好,要我到客厅里去等候。后来,她进来了。穿一身黑丝绒衣服,戴一顶插满鸵鸟毛的阔边帽(我们那天晚上准备去帕维利恩,她是为此而打扮的),当时她的模样实在太可爱了,我一时惊呆了,此外,她那少女般纯洁的美貌(有时候她看上去像那不勒斯博物馆中精美的普赛克1)和她那身雍容华贵的服装形成了对比,而这种对比却有一股奇妙的吸引力。她有一种特征,我认为有这种特征的人是很少的:她双眼下的皮肤泛出浅浅的蓝色,显得像被露珠浸透一般。有时候我真不相信这种色彩是自然的,有一次我问她是不是在眼睛下面涂了凡士林膏了。涂凡士林之后就会产生这种效果。她笑了,拿出一块手绢,递给我。

"你来擦一擦看看有没有。"她说。

后来有一天晚上,我们从坎特伯雷走回家,我把她送到家门口,准备和她告别,但当我伸出手和她握手时,她笑了一声,那是一种低沉的咯咯笑声,然后她把身子靠向我。

"你这个大傻瓜。"她说。

她在我嘴唇上吻了吻。这既非礼仪性的匆匆一吻,也非激情的表露。她那异常丰满红润的双唇在我的唇上停留了相当一会儿,使我充分地体验到它们的形状,它们的温馨,它们的柔和。后来她从容地收回了双唇,一言不发地推开了大门,轻盈地快步走了进去,离开了我。我被这一切惊呆了,说不出任何话来。我傻气十足地接受了她这一吻。我站在那里,动弹不得。过了一会儿我才转过身去走回我的公寓。我的耳边似乎还回响着罗茜的笑声。她的笑声并不包含任何轻蔑或伤害我感情的意思,而是坦率亲切的,就好像她很喜欢我所以这么笑的。

1 普赛克(Psyche):希腊神话中以少女形象出现的人类灵魂的化身。

Chapter
< 16 >

第十六章

以后有一个多星期我没有再和罗茜一起出去。她要到哈弗沙姆去见她母亲，和她一起过夜。我在伦敦也忙于各种事情。后来有一天她问我愿不愿意陪她到干草剧院去看戏。那个戏当时很成功，免费的座位是搞不到的，因此我们决定买正厅后排的票。我们先到莫尼柯咖啡店吃牛排、喝啤酒，然后就和一大堆等看戏的人在剧院门外等候。那时候还不兴有秩序地排队，所以当大门一打开的时候，人们像发了疯似的又冲又撞都想抢先进去占好位置。等我们最终挤了进去坐进位置时，我们俩都已浑身发热，气喘吁吁，而且几乎给周围的人挤扁了。

散戏后我们穿过圣詹姆斯公园回家。这天夜里特别美，我们在一张公园长凳上坐了下来。罗茜的脸和她那美发在星光下柔和地闪烁。她全身充满了（我的表达方式是很笨拙的，因为我实在不知道怎样来描写当时她传递给我的那种感受）友好的感情，这种感情又坦率又温存。她像一朵夜间开放的银色花朵，只愿为月亮散发她的清香。我轻轻用胳臂搂住她的腰，她回过脸望着我。这一次是我吻了她。她没有动；她的柔软的红唇平静而强烈地默默接受着我压上去的嘴唇，就像一池清水接受着月亮的光辉一般。我不知道我们在那里究竟停留了多久。

"我饿极了。"她突然说。

"我也是。"我笑着。

"咱们去吃点炸鱼和薯条好吗？"

"好啊。"

那时候我对威斯敏斯特地区很熟悉，它还没有变成议会人士或是文化人士集中的时髦地区，而是一个破旧的穷人区；我和罗茜走出公园后，穿过维多利亚大街，带她到了豪斯费里路的一家炸鱼店。时间已很晚，店里唯一的顾客是一个马车夫，他的四轮马车在门外等候。我们要了炸鱼和土豆片，一瓶啤酒。一个穷女人进来买了两便士的杂拌，包在一张纸里拿走了。我们吃得非常香。

从那里往罗茜家走要经过文森特广场，当我走过我住的房子时，我问她：

"进来坐一会儿吗？你还从未看过我的房间。"

"你的房东会怎么说？我不想给你找麻烦。"

"嗨，她睡起觉来特别死，像块大石头。"

"那我进去待一小会儿吧。"

我用钥匙开了门，过道一片漆黑，我拉着罗茜的手给她带路。我点上起居室的煤气灯。她脱下帽子，使劲地抓着头皮。然后她在屋里到处找镜子，不过我很富有艺术修养，早已取下了壁炉上的那面镜子，使屋里的人谁也无法看见自己什么模样。

"到我卧室来吧，那里有镜子。"

我开了卧室房门，点了蜡烛。罗茜跟我进去，我为她举着蜡烛台。当她对着镜子整理头发的时候，我看着镜中的她。她取下两三个发卡,咬在嘴里,拿起我的梳子,把头发从颈背部往上梳。她把头发绕了个圈,拍了拍,别上发卡。当她忙于这一切时,她的眼睛在镜中偶然同我的目光相遇,于是她朝我莞尔一笑。她别上最后一个发卡之后,转过脸对着我。她什么话也不说,还是用她那蓝眼睛中的一丝友好的笑意平静地注视着我。我放下蜡烛。我的卧室很小,梳妆台紧靠床边。她举起手,轻轻地抚摸我的脸颊。

写到这里我真希望当初我不用第一人称单数来写这一切。如果你能用第一人称单数把自己描写得和蔼可亲或是动人心弦,那当然很好;如果你要表现人物谦逊的英雄色彩或带着哀怨的幽默风趣,那么第一人称单数这种模式也是经常被采用的,而且比任何其他形式都会取得好的效果;要是你能看到读者在读你的自述时睫毛上闪烁着泪珠,嘴唇上现出一丝温和的微笑,那是最动人的;但是如果你不得不把自己写成一个一无可取的大傻瓜时,这种写法可就并不美妙了。

不久前我在《旗帜晚报》上读到一篇伊夫林·沃的文章,他在文章中说用第一人称写小说是一种卑劣的做法。我真希望他讲一讲为什么,可惜他不做任何解释只是抛出这么个评论,信不信由你,就像欧几里得做出他关于平行线的杰出论点时一样信口而出。我很关心,立即向阿尔罗伊·基尔请教(因为他什么都读,就连他为之写序的书也读),请他介绍我看一些关于小说艺术的书籍。根据他的建议我读了珀西·卢柏克先生写的《小说技巧》,它教我说写小说的唯一途径是学习亨利·詹姆斯；后来我又读了 E. M. 福斯特先生写的《小说面面观》，它教我说写小说的唯一途径是学习福斯特先生自己；接着我又读了埃德温·缪尔先生的《小说结构》，从中我什么也没学到。我在所有上述各书中都未找到我的问题的答案。不过我还是找到了一个原因可以说明为什么有些在当时负有盛名而今天已无疑地被人们遗忘的小说家如笛福，斯特恩，萨克雷，狄更斯，埃米莉·勃朗特和普鲁斯特在写作中采用了伊夫林先生所谴责的方法。当我们年纪日益增长时，我们会日益意识到人类的复杂性，不连贯性和不通情理；这就是那些本应更恰当地去思考一些更为严肃主题的中、老年作家们把自己的精力转向了想象中人物的那些烦琐小事的唯一借口。因为如果对人类研究的中心应当是人的话，比较明智的办法显然应当是去研究那些小说中思想连贯、踏实可信、具有重要性的人物，而不是现实生活中的那些不讲道理、模糊不清的形象。有时候，小说家觉得自己像上帝，他想告诉你关于他的作品中人物的种种方面，可有时候他又不觉得自己是上帝了，这时他就不对你讲关于他的人物的所有应当知道的事情，而是他自己所懂得的那一点；而由于随着年龄的增长，我们越来越觉得自己不像上帝，我一点都不奇怪为什么小说家们年纪越大越不愿写超出他们个人生活经验范围的事情。针对这一有限的目的，用第一人称单数来写就成了一个极为有用的方法。

罗茜抬起手，温柔地抚摸着我的脸；我说不清为什么当时我会那样表现；那完全不是我想象中的在这种情况下我的表现。一声哽咽从我收紧的喉咙中迸发出来。我不知道这是由于我的羞涩和孤独感（并非肉体上的孤独，因为我整天在医院同各种各样的人打交道，而是精神上的孤独），还是因为我的欲望是如此强烈，不管出于什么感情，我开始哭了起来。我觉得自己这样哭太没出息了；我努力想控制住自己，但我无法冷静下来；泪水像泉涌般充满了眼眶，顺着双颊流下来。罗茜看见了我的眼泪，略略惊呼了一声。

"啊，亲爱的，你怎么了？怎么回事？快别这样，别这样！"

她用双臂搂住我的头颈，也哭了起来，她一边哭一边吻着我的嘴唇，我的眼睛，我的被泪水打湿的双颊。后来她解开了胸衣，把我的头放在她的胸口。她抚摸着我光滑的面庞，她来回摇动着我，好像我是她怀中的一个幼儿。我吻着她的胸脯，吻着她洁白笔直的头颈……

"把蜡烛吹了。"她低声说。

当曙光透过窗帘，穿破夜晚残剩的黑暗，显露出我房中的床铺和衣橱的轮廓时，是她叫醒了我。她是用亲吻把我唤醒的，她的长发散落在我的脸上，使我觉得怪痒痒的。

"我得起来了，"她说，"我不想让你的房东看见我。"

"还早着呢。"

不一会儿，她起了床。我点上了蜡烛。她对着镜子梳上了头，在镜中注视着自己的身体。这是一个天生为爱欲而生的躯体。此时此刻，在那奋力与越来越强的日光争斗的烛光下，她的全身呈现出一片银光闪闪的金色。

我们默默地穿上衣服。她没有再戴上紧腹带,她把带子卷起来,我用一张报纸替她包好。我们蹑手蹑脚地走过通道,当我打开大门,我们来到大街上时,黎明突然出现在我们眼前,像一只小猫沿台阶一跃而上。广场还是空荡荡的;临街房子朝东的窗户这时已泛出明亮的阳光。我觉得自己就像这清晨一般年轻。我们挽臂走到了林派斯路的拐角。

"我自己走吧,"罗茜说,"谁知道会碰上什么。"

我吻了她,看着她远去。她走得很慢,腰杆很直,像一个乡村妇女那样喜爱她脚下实实在在的土地。我无法再回去睡觉了。我缓步走着来到了泰晤士河岸。河上洋溢着清晨明亮的色彩。一条棕色的驳船顺流而下穿过沃克思霍尔桥洞。靠近岸边的一只小艇上两个人正奋力划桨。我觉得饿了。

Chapter
< 17 >

第十七章

此后一年多的时间里，每当罗茜和我一起出去，在回家的路上她总要到我房间里待一会儿，有时候是一个小时，有时候一直到黎明的曙光警告我们，女仆就要开始擦洗大门台阶。我还记得那些温暖的充满阳光的清晨，伦敦疲惫的空气这时会散发出令人高兴的清新，我和罗茜的脚步声在那空旷的街道上显得格外响亮；我也记得冬日的伦敦，寒冷多雨，我们挤在一把雨伞下急匆匆走在街上，虽然彼此沉默，心中却那样欢畅。值班的警察往往在我们走过他身边时会看我们一眼，有时带一丝怀疑，但有时在他们的眼中会闪露出颇为理解的神情。偶尔，我们会见到一个无家可归的流浪者，蜷缩在一个门廊里，这时罗茜就会轻轻地友好地捏一下我的胳臂，而我（其实我口袋里的先令是很少的，我主要是为了表现自己，因为我想给罗茜留下个好印象）就会立即把一枚银币放在一个不成形的膝盖上或是一只瘦骨嶙峋的拳头里。在那些日子里，罗茜使我的生活充满欢乐。我非常喜欢她。她总是那样平易自在。她沉静的性情使所有同她接触的人都受到感染；只要和她在一起，你就会共享她的欣悦。

在我成为她的情夫之前，我常常问自己她是不是别的什么人的情妇，譬如福德，哈里·雷特福德，还有希利尔，后来我曾问过她。她吻了我一下说：

"别说傻话。我挺喜欢他们，这你知道。我喜欢跟他们出去玩，就是玩玩，没别的。"

我曾想问她有没有当过乔治老爷的情妇，可是我又不愿开口。虽然我从未见她发过脾气，可是我觉得她还是有脾气的，而且我有一种模糊的感觉，这个问题可能会使她光火。我不愿制造一个原因使她说出我永远无法原谅她的伤人的话。我那时年纪还很轻，刚刚二十一二岁，在我眼里，昆廷·福德和其他人看上去都是年长者；我觉得罗茜和他们交交朋友这件事并不足奇，当我想到我是她的情夫时不禁感到很激动和自豪。每当星期六下午在茶会上我看着她同所有人谈笑时，我总是很洋洋得意。我会想起我和她在一起度过的夜晚，我忍不住笑话那些在座的人竟对我这么大的秘密一无所知。不过有时候我觉得莱昂内尔·希利尔似乎用一种取笑的神气看着我，好像在我身上他找到一个很大的笑柄，这时我会很不安地思忖罗茜会不会告诉他我们之间有暧昧关系。我也怕自己有什么举止不慎之处泄露了秘密。我曾对罗茜说过我担心希利尔对我们有所怀疑；她用她那双蓝眼睛瞧着我，那眼睛好像随时都会绽出笑意。

"别管它，"她说，"他这人满脑袋胡思乱想。"

我和昆廷·福德一直关系很疏远。他把我看作一个枯燥无味、无足轻重的年轻人（当然我也是这么个人），虽然他的态度彬彬有礼，但他从来也没有认真注意过我。可能这是我自己的瞎想，我觉得近一个时期来他对我比以前更为冷淡。有一天哈里·雷特福德出乎意料地请我吃饭,吃完饭还请我看戏。我把他的邀请告诉了罗茜。

"嗨,你当然该去的。他会使你过得非常高兴。哈里这家伙,他总是逗得我直乐。"

于是,我应邀同哈里一起吃了饭。他的谈吐举止都很叫人愉快。他关于男女演员的那些议论给我印象很深。他善于在幽默中带点嘲讽,他不喜欢昆廷·福德,所以讲起他时,他总是把福德说得特别滑稽;我设法让他讲讲罗茜,可是他却没什么可说的。他像个放荡不羁的花花公子。他用他那色眯眯的眼神和笑声中的示意让我知道他是和女孩子勾搭的老手。我不禁暗中思量,他花钱请我吃饭是不是因为他知道我是罗茜的情夫因而对我产生了好感。可是如果连他都知道我和罗茜的关系,那别人就更知道了。我心里很得意,觉得比周围的这些人都高出一头,不过我希望自己没有把这种心情形之于色。

后来,到了冬天,大约一月底,林派斯路出现了一个新来的人。他是个荷兰籍犹太人,名叫杰克·凯珀,是阿姆斯特丹的一个钻石商,他因为生意上的事情到伦敦来几个星期。我不知道他是如何得知德里菲尔德的,也不知道是不是出于对德里菲尔德的尊敬他才到他的家里来,但是可以肯定地说促使他再次到他家来的原因并非是德里菲尔德本人。这个人身材高大,体格健壮,肤色黝黑,已经秃顶,长一个大大的鹰钩鼻,他年龄五十上下,但他的相貌显示出有力、放荡纵欲、坚毅和寻欢作乐的特征。他毫不掩饰他对罗茜的钦慕。他显然很阔绰,因为他天天给罗茜送一束玫瑰花；她嗔怪他不该如此浪费，但她对这种殷勤甚为兴奋。我简直受不了这个人。他粗俗，有意炫耀自己。我非常厌恶听他用准确而带外国调的英语流畅地进行谈话；我厌恶他对罗茜所表现的那种阔气的殷勤；我厌恶他对罗茜的朋友们的那种热情的派头。我发现昆廷·福德几乎和我一样不喜欢这个人；因此我们差一点为此而相亲近起来。

"幸好他在这里待不长。"昆廷·福德说话时噘起嘴唇，抬抬他的黑眉毛；他的灰白头发和气色不好的长脸使他看上去特别具有绅士派头，"女人全一个样；她们就是喜欢庸俗的粗人。"

"这个人真是俗不可耐。"我在一旁不满地说。

"这就是他的可爱之处。"昆廷·福德说。

此后两三个星期，我几乎见不到罗茜。杰克·凯珀天天晚上请她出去，吃完这家高级饭店又吃那家，看完一部戏又看另一部。我气极了，我的感情被刺伤了。

"他在伦敦谁都不认识，"罗茜对我说，她想安慰一下我气愤的心情，"他想乘他在伦敦期间多看一看。要是整天让他一个人到处逛总不大好吧。他在这里再待两个星期就走了。"

我不明白她为什么要做这样的自我牺牲。

"你不觉得他这个人很讨厌吗？"我说。

"我不觉得他讨厌。他挺有趣的，老叫我发笑。"

"你看不出他一个劲在追求你？"

"他高兴这么做，对我又没坏处。"

"他又老又肥又讨厌。我看见他都起鸡皮疙瘩。"

"我觉得他还不至于这么糟。"罗茜说。

"你不该和他有任何来往,"我强烈地说,"我是说,他是个令人厌恶的小人。"

罗茜抓着头皮。这是她的一个不大叫人喜欢的习惯。

"外国人和英国人那么不一样,真有意思。"她说。

谢天谢地,杰克·凯珀终于回阿姆斯特丹去了。罗茜答应在他走后第二天和我一起出去吃饭,为了好好吃一顿,我们说好去苏豪区吃饭。她坐了一辆马车来接我。

"你那个讨厌的老头儿走了?"我问。

"走了。"她笑着说。

我搂住她的腰。(我在其他地方曾做过评论,说对于这样一种人类交往中极其愉快和极为重要的行动来说,马车里的环境要比今天的出租汽车方便得多,这里我就不得不忍痛割爱,不再加以阐述。)我搂住她的腰,吻她。她的嘴唇就像春天的花朵。我们到了饭店。我先在衣架上挂好了帽子和外套(那天我穿一件很长的、腰身很紧、带着丝绒领子和袖口的外套,样子非常漂亮),然后要罗茜把她的披肩给我。

"我就穿着它。"她说。

"你会热坏的。而且吃完饭出去你也会着凉。"

"没关系。这个披肩我今天头一次穿。你不觉得很漂亮吗?还有,这皮手笼和披肩是配套的。"

我看了看她的披肩,是皮的。我还不知道那是貂皮。

"看上去挺贵重的。你怎么弄来的?"

"杰克·凯珀送我的。昨天他动身之前我和他一起去买的。"她抚摸着披肩光滑的皮毛,那股高兴劲就像一个孩子得了个玩具一般,"你猜这件衣服花了多少钱?"

"不知道。"

"二百六十镑。你知道我一生中还从来没有买过这么贵的东西。我告诉他这太贵了,可是他不听,非要给我买下。"

罗茜高兴得咯咯直笑,她的眼睛也闪闪发光。可是我觉得我的脸沉了下来,一股寒气透过我的脊梁。

"凯珀给你买这么贵的皮披肩,德里菲尔德不会觉得这事有点奇怪吗?"我说话时尽量使自己的声音听起来很自然。

罗茜的眼睛调皮地闪动着。

"你知道泰德这个人,他什么也不注意;要是他问起的话,我会告诉他这是我在一家当铺里花了二十镑买的。他不会知道更多的。"她说着把脸在领子上蹭着,"多柔软啊!谁见了都看得出这披肩很贵重。"

我为了不显露心里的不快尽量吃我的晚餐,并且同罗茜谈这谈那。可是罗茜对我的谈话毫不关心。她满脑袋想的都是她的新披肩,而且几乎每隔一分钟她就要看一眼她坚持要放在膝盖上的皮手笼。这时她那爱抚的目光反映了一种懒洋洋的欲望和洋洋得意的东西。我非常生气,觉得她愚蠢、平庸。

"你活像一只吞了金丝雀的猫。"我实在忍不住了,怒冲冲地说。

可是她只是咯咯地笑。

"我还真有这感觉。"

对我来说,二百六十镑是一笔巨款。我真不知道一个人怎么能为一件披肩花那么多钱。那时候我一个月靠十四镑过日子,而且过得还很不错;如果哪位读者不能马上算出来的话,我还可以补充说明这就等于一百六十八镑过一年。我难以相信一个人仅仅出于单纯的友谊会买这么贵重的礼物;这难道不正说明杰克·凯珀在伦敦期间天天晚上都和罗茜睡觉,现在他走了,因此要付她钱吗?她怎么能够收下呢?罗茜难道看不出这对她自己是个多大的侮辱?她难道看不出凯珀买这么贵重的礼物送她是多么粗俗不堪?可是显然,她对这一切丝毫没有感觉,因为她对我说:

"他这人真好,是吧?不过所有犹太人都是很慷慨的。"

"我想他是有钱,买得起。"我说。

"是啊,他很有钱。他说他回去之前要送我点东西,问我要什么。我说买一件披肩再配一个手笼就可以了,可是我根本没想到他会买这么贵的。我们走进那家铺子后,我要他们给我看看小羊皮的披肩,可是他却说:不,要貂皮的,而且要最贵的。后来一看见这件,他简直是没有二话,非要我买它。"

我想象着她洁白的身体,那牛奶般的皮肤在那个又老又肥又粗鲁的男人的怀抱里,他的肌肉松弛的厚嘴唇在她的唇上亲吻。这时我清醒地知道了过去我不愿相信的怀疑是肯定无疑的了;我明白了她每次同昆廷·福德、哈里·雷特福德和莱昂内尔·希利尔出去吃饭之后都同他们睡觉,就像她同我回去睡觉一样。我无法开口说话；我知道我一张口就会讲出辱骂她的话。我觉得当时我的情感并非妒忌，而是感到自己受了伤害和屈辱。我觉得她让我当了个十足的大傻瓜。我竭尽全力不让我心里对她辛辣的嘲讽从嘴里溜出来。

吃完饭，我们去剧院。可是我一句台词都听不见。我的胳臂总是触到那细滑的貂皮毛；我的眼睛只看得见罗茜永无休止地用手指抚摸着她的皮手笼。想到别的那几个人，我还能忍受，可是我实在受不了那个让我极其厌恶的杰克·凯珀。她怎么能和他干这种事呢？可恨的是我太穷。我真希望我口袋里有足够的钱可以对她说，要是她把这件混蛋皮披肩退还给那个家伙，我就给她买一件比这更好的。终于，她注意到我的沉默。

"今晚你很少说话。"

"是吗？"

"你不舒服？"

"我很好。"

她斜眼瞧着我。我没有对她看，可是我知道她的眼里带着我非常熟悉的又调皮又孩子气的微笑。她不再说话。散戏后因为下雨，我们叫了一辆马车，我把她的林派斯路的地址告诉车夫。一路上，她很沉默，当我们到了维多利亚路时她才开口：

"你不愿意我和你一起回你那里去？"

"随你便。"

她掀起帘子把我的地址告诉车夫。她拉过我的手，放在她手心里，我还是没有任何反应。我直视着窗外，神色严肃气愤。我们到了文森特广场,我扶她下了车,一言不发地把她引进屋子。我脱下帽子和外套。她把披肩、手笼扔在沙发里。

"你干吗老绷着脸不高兴?"她走到我面前问我。

"我没有不高兴。"我看着别处回答。

她双手托着我的脸。

"你怎么这么傻啊?干吗因为杰克·凯珀送我一件皮披肩就生这么大的气?你没钱替我买这样的衣服啊。"

"我当然没钱买。"

"泰德也买不起。我怎么能拒绝一件价值二百六十镑的皮披肩呢!我一辈子一直希望有一件皮的披肩,而这点钱对于杰克来说算不上什么。"

"你难道认为我会相信他仅仅出于友谊就会送你这么贵的礼物?"

"他也可能会的。不管怎么说,他已经回阿姆斯特丹去了,谁知道他什么时候再回来。"

"他也不是唯一的。"

这时我看着罗茜,我的目光充满愤怒、委屈和怨恨;她朝我微笑,我希望我能描写出她这种美丽的微笑中所带有的温情柔意;她的声音特别和气。

"喔,亲爱的,你为什么要为别的人去自寻烦恼呢?这对你有什么损害呢?我难道没有使你很快乐吗?你和我在一起难道不高兴吗?"

"太高兴了。"

"那就好了。为这种小事斤斤计较和妒忌都是很傻的。为什么不为你所能得到的而高兴呢?要我说,你还是及时行乐的好;不出一百年我们就全都死了,到那时还有什么可以计较的呢?趁现在活着我们应当痛快享受才是。"

她用双臂搂住我的头颈,把她的双唇压在我的唇上。我的怨恨统统消失了。我只想到她的美和她那使人融化其中的柔情。

"我就是这样的人,你不要苛求,知道吗?"她悄声在我耳边说。

"好吧。"我回答。

Chapter

< 18 >

第十八章

整个这段时间，我真是很少见到德里菲尔德。他的编辑工作占去了他大部分白天的时间，而夜晚他又要写作。当然，每星期六下午他都出面接待客人，并且还是那样亲切，他的谈话总带点讽刺口吻，却让人觉得非常有趣，他见到我时好像很高兴，每次都要同我闲谈一会儿；不过他的主要注意力自然是那些比我年长和比我重要的客人。但是我有一种感觉，他似乎和周围的人距离越来越远；他不再是当初我在布莱克斯特博所熟悉的那个快活的、有那么一点俗气的伙伴了。我总觉得在德里菲尔德和他与之谈笑的人们之间有一层看不见的障碍，也许这是我日益增长的错觉。他好像生活在他自己的幻景之中，因而真实的生活对他来说倒反而显得模糊不清了。人们时常请他在一些人数众多的宴会上讲话。他参加了一个文学俱乐部。他开始认识除了他的写作使他陷入的这个狭窄圈子之外的很多其他人，越来越多喜欢结交知名作家的女士们邀请他去共进午餐或喝茶，一般来说，罗茜也被邀请同往，但是她却很少去参加；她说她不喜欢参加宴会，再说她们不是对她有兴趣，她们只是要泰德去。我觉得她对这种场合感到有点胆怯和不自在。也可能那些女主人曾不止一次地在她面前流露出一种情绪，对邀请她感到讨厌，她们之所以邀请她仅仅是出于礼貌；她去了以后，她们就完全把她扔在一边，因为她们实在讨厌客气和礼貌。

就在这个时候，爱德华·德里菲尔德发表了《生活之杯》。我在此并无必要去对他的作品做一番评论，再说，近期这方面的评论已经非常之多，足以满足一般读者的需要；不过关于德里菲尔德的这部作品，我想说一点，那就是我认为它虽然不是德里菲尔德最杰出的作品，也并非是他最受欢迎的作品，然而在我看来却是他最有意思的作品。在英国小说多愁善感的情调中，这部作品所反映的冷酷无情是一种新鲜的格调。它清新，严酷，像吃一个酸苹果一样，虽然它使你牙根发酸，但它却有一种难以描写的辛酸的甜味使你感到回味无穷。在德里菲尔德所有的小说中，假如我要写书评的话，我要写的就是这一本。书中对那孩子死去的描写，悲惨而撼人心弦，但却并不带病态的感伤，而孩子死后发生的那奇怪的情节使人看完后难以忘怀。

也正是小说的这一部分突然在倒霉的德里菲尔德头上爆发了一场暴风骤雨。作品刚发表的头几天，舆论界的反应好像和他其他的那些作品差不多，也就是说会有几篇内容充实的评论，总的来讲对作品表示赞扬，但也有所保留，而销路一般尚好，可是也并不畅销。罗茜说德里菲尔德希望这本书能收入三百镑，并已在计划夏天时在河旁租一所房子度假。开始的一两篇迹象尚不明显。后来突然有一天在一份晨报中出现了对这部作品的猛烈攻击。这篇文章占了整整一栏版面，它抨击说小说令人极其反感，色情下流，并且指责出版商不应当把这种书介绍给公众。文章描绘了一幅令人痛心的情景，说这本小说必然会给英国青年一代带来灾难性的影响，并把它说成是对女性的侮辱。这位书评作者表示坚持反对这样的作品落入年轻的男孩子和天真无邪的少女们的手中。接着，其他报纸也开始了攻击。有些更愚蠢的评论提出应当禁止该书出售，有些竟然还提出检察官应当过问此事。对小说的谴责几乎是异口同声的；如果说偶尔有个勇敢的作家比较熟悉欧洲大陆小说的现实主义格调，出来说这实在是德里菲尔德的最佳作品的话，那么这种评论当时也不曾引起任何人的注意。这位作家诚恳的意见反被说成是出于迎合读者口味的卑鄙目的，这场攻击的结果是，各图书馆禁止出借这本小说，就连出租图书的铁路书店也拒绝购进这部作品。

所有这一切对德里菲尔德自然是极为不愉快的，然而他却颇具哲理地、沉着冷静地应付这一局面。他耸耸肩膀说：

"他们说我的小说不真实，"他微笑着说，"让他们见鬼去吧。它是完全真实的。"

在这场考验中，德里菲尔德的朋友们都忠实地支持他。谁能够欣赏《生活之杯》，谁就被认为具有聪慧的审美力；反之，如果谁对这部作品感到震惊，那么谁就是自己承认是个缺乏教养的俗人。巴顿·特拉福德夫人毫不犹疑地表示她认为这部小说是德里菲尔德的杰作，虽然她说在《季刊》上刊登巴顿的评论文字不到时候，但她对德里菲尔德的未来的信念是毫不动摇的，现在重读这本当年引起如此震动的书确实感到有点奇怪（也很有教益）；全书没有一个字会使得最诚实的人脸红，也没有一个情节会使今天的小说读者感到不自在。

Chapter
< 19 >

第十九章

大约六个月之后,《生活之杯》所引起的激动已经平息,德里菲尔德又开始写作另一部小说,这部作品后来以《他们的收获》为名发表。那时我是医科四年级学生,在病房担任外科助理,有一天我被派遣陪同一位外科医生查病房,于是我到医院的大厅去等候这位医生。我顺便看了一眼信架子,因为有时候有人不知道我在文森特广场的地址,会把信件寄到医院来。这天我很奇怪地发现有我的一份电报,内容说:

请务必于今日下午五时来我处,有要事相商。
伊莎贝尔·特拉福德

我不知道她找我会有什么事。在过去这两年里,我碰到过她十几次,可是她从来也没有注意过我,我也从来没有到她家去过。我知道有时候,在一些茶会上,男人很缺少,所以女主人到了最后发现男客不够时可能会想到请一个年轻的医科学生来也比缺一个好;可是电报上的措辞显然并不是请我去参加茶会。

我给他当助手的那位外科医生既乏味又啰唆。一直到过了五点,我才完事,从医院到切尔西的路程又足足花了二十分钟。巴顿·特拉福德夫人住在泰晤士河岸的一套公寓中。我赶到她的住所时已快下午六点。我按了门铃,问她是否在家。当我被引进客厅并开始向她解释我为什么迟到时,她打断了我的话。

"我们想到你脱不开身。没关系。"

她的丈夫也在座。

"我想他会喜欢喝杯茶的。"他说。

"啊,不过现在吃茶点已经太晚了,是吧?"她温和地望着我,她的好看的眼睛很柔和,目光十分温厚,"你不想喝茶了吧?"

我那时又渴又饿,我午餐时只吃了一个黄油圆面包加一杯咖啡,不过我不愿意告诉他们。我说我不想吃茶点。

"你认识奥尔古德·牛顿吗?"巴顿·特拉福德指着一个人问道。我进去的时候,这个人坐在一张大扶手椅里,这时站了起来。"我想你在爱德华家里见过他。"

我是见到过他。他并不常去,不过他的名字听起来很熟,我也还记得这个人。他使我觉得很紧张,我可能从未和他交谈过。虽然今天他已完全被人忘却,但在当时他却是英国最有名气的批评家。他个子高大,身体发胖,丰满的白净脸上有一对浅蓝眼睛,他的金黄色头发已渐近灰白。他经常戴一条浅蓝色领带以衬托出他眼睛的颜色。他在德里菲尔德家里碰到一些作家时经常表现得和蔼可亲,并对他们说一些很动听的奉承话,以此为乐。他说话声调低沉、平稳、措辞得当,没有任何人比他更能绘声绘色地讲关于自己朋友的诽谤性的故事。

奥尔古德·牛顿同我握了手,巴顿·特拉福德夫人以那固有的友善急于要使我不感到拘束,因此她拉住我的手,要我在沙发里坐在她旁边。茶点还未撤走,她拿起一块果酱三明治,一点点地慢慢咬着。

"最近你见到德里菲尔德夫妇了吗?"她问我,好像只是为了找个话题谈话。

"上星期六我去他们家了。"

"从那以后,你没见过他们?"

"没有。"

巴顿·特拉福德夫人看看奥尔古德·牛顿,又看看她丈夫,然后又回过来看看牛顿,似乎在默默地要他们帮助。

"不要拐弯抹角了,伊莎贝尔。"牛顿说,他说话时还是带着那种胖乎乎的、一丝不苟的神气,眼睛略带恶意地眨了一下。

巴顿·特拉福德夫人转向我。

"那么说你还不知道德里菲尔德太太已经从她丈夫那里逃跑了?"

"什么!"

我大吃一惊,简直不能相信我的耳朵。

"可能还是由你来把事情经过跟他说一遍好些,奥尔古德。"

评论家靠在他的椅背上,把一只手的手指尖顶着另一只手的手指尖。他添油加醋地讲起故事来了。

"昨天晚上我约定去会见德里菲尔德,谈谈我为他的作品所写的一篇评论。晚饭后因为天气很好,我决定散步去他那里。我知道他正在等我,不仅是因为我们事先已约定,而且我知道除非有类似市长大人的宴会和文艺协会的聚餐这类重大事件,否则这个时候他是从不出门的。所以你可以想象当我走近他的住所突然看见门开了,德里菲尔德自己走了出来时,我有多么吃惊,不,我简直是完全迷惑不解了。你一定知道伊曼纽尔·康德的故事,他每天都在一定的时间出去散步,因为他从没有分秒的差异,因此柯尼斯堡的居民都习惯每天在康德出来散步的时候对表,有一天康德提前了一个小时从家里出来,当地居民脸色都变白了,他们感到一定出了什么可怕的事。果然他们猜对了:伊曼纽尔·康德刚刚获悉巴士底狱陷落的消息。"

奥尔古德·牛顿停了一下以加强他这段小故事的效果。巴顿·特拉福德夫人对他报以她那固有的表示领悟的微笑。

"当我看见爱德华匆匆朝我走来时,我倒并没有认为发生了上述这种震撼世界的灾难,但我却马上意识到发生了什么不幸的事件。他既没带手杖也没戴手套。他还穿着他那件有年头的黑羊驼呢工作服,戴着宽边呢帽。他神态异常,举止错乱。我知道他们夫妻之间感情的变化,因此自己思量是否因为夫妻吵架所以他匆匆离家,我也想也许他是急着要去邮筒发信。他疾风般地冲去,就像威武的赫克托[1]吓跑了希腊最尊严的贵族一般。他根本没有看见我,而且我突然怀疑他那时也不想看见我。我叫住了他。'爱德华。'我说。他好像吃了一惊。有那么一会儿,我敢起誓他根本没有认出我是谁。'是什么复仇的烈焰驱使你如此火速地穿越皮姆利柯2的荒郊?'我问。'噢,是你啊。'他说。'你干什么去?'我问道。'哪儿也不去。'他回答。"

照这个速度讲下去,我想奥尔古德·牛顿永远也讲不完他的故事,如果我晚半小时回去吃饭,我的房东赫德森太太准会对我很恼火。

"我告诉他我为何来找他,并建议我们回他家去,讨论问题方便一点。'我在家待不住,'他说,'我们走走吧。可以边走边谈。'我同意了,转过身来和他一起向前走;可是他走得飞快,我不得不请他放慢一点。就是约翰逊3博士也不可能一边在舰队街用特别快车的速度往前走一边和别人交谈。爱德华的样子太奇怪了;他的举止异常激动,当时我想应当把他带到较为僻静的街上去。我和他谈我的评论文章。我正在构思的主题比我原来想到的要丰富得多,我没有把握在一个周报专栏里把论点全部说清楚。我充分地、客观地向他说明了整个问题并征求他的意见,'罗茜离开了我。'他回答说。我一时不知道他在说什么,不过我马上就懂了他是在说那个丰满美貌、也并不算不可爱的女人,我有时候从她手里接过她递来的一杯茶。从他当时说话的声调,我很清楚他期待我能安慰他而不是为他庆幸。"

奥尔古德又停顿了一下,他的蓝眼睛闪烁着。

"你真妙,奥尔古德。"巴顿·特拉福德夫人说。

"了不起。"她丈夫说。

"我意识到他在这种时候需要同情,于是我说:'亲爱的伙计,'可是他打断我的话,'最后一班邮差送来一封信,'他说,

'她和乔治·肯普老爷私奔了。'"

我惊呆了,但一句话也没有说,特拉福德夫人很快地看了我一眼。

"'乔治·肯普老爷是谁?''是布莱克斯特博人,'他回答。我没有时间多想。我决定坦率地跟他讲讲我的意见。'你很幸运摆脱开她了。'我说。'奥尔古德!'他叫道。我停住脚步,一手抓住他的臂膀。'你应当知道她和你所有那些朋友都有暧昧关系,她一直在欺骗你。她的行为早已引起社会上的流言蜚语。亲爱的爱德华,让我们面对现实吧:你的那个妻子只不过是个娼妓。'这时他猛地挣脱开自己,喉咙里低沉地发出一声吼叫,就像婆罗洲森林里的一头猩猩被夺去了一个到手的椰子一般。我还没来得及拦住他,他就跑掉了。我那时吓傻了,不知道干什么才好,只能听着他的吼叫和他那匆匆远去的脚步声。"

"你真不该让他跑掉,"巴顿·特拉福德夫人说,"他当时那种状况说不定会跳泰晤士河的。"

"我也想到过,不过我注意到他并没有往泰晤士河的方向跑,而是往我们走过的那些小街跑的。再说我想到在文学史上还从未有过一个作家在他正在写作一部作品的过程中自杀的。不论他遇到什么灾难,他都不会愿意给后代留下一部未完成的作品。"

我对听到的这一切十分吃惊,我极为震动、沮丧。但是我也有点担心,不知道特拉福德夫人为什么要把我找来。她对我根本不了解,不可能认为这个消息对我具有特别意义;另一方面，她也不可能找我去仅仅为了让我把这当成一条新闻听听。

"可怜的爱德华，"她说，"当然谁都得承认，他其实是因祸得福，可是我怕他自己会很受不了。幸好他还没干什么鲁莽的事。"她转向我说："牛顿先生一告诉我这个消息，我就去了林派斯路，可是爱德华不在家，女佣人说他刚出门；这就是说在他离开奥尔古德之后到今天早晨之间他回过家。你一定有点奇怪我为什么请你来吧。"

我没有回答，等她往下讲。

"你最初是在布莱克斯特博认识德里菲尔德夫妻俩的吧？你可以告诉我们这个乔治·肯普老爷是什么人。爱德华说他是布莱克斯特博人。"

"他是个中年人，有妻子和两个儿子。他的儿子和我年龄相仿。"

"可是我搞不清他究竟是谁。我在《德布雷特英国贵族年鉴》里找不到他。"

我差一点笑出声音来。

"喔，他不是真正的贵族，只是当地一个煤炭商。在布莱克斯特博，大家叫他乔治老爷只是因为他派头特别大。这只不过是开开玩笑的称呼。"

"农家幽默之寓意所在对于外界人士来说往往是晦涩不明的。"奥尔古德·牛顿说。

"我们必须尽我们一切可能帮帮亲爱的爱德华。"巴顿·特拉福德夫人说。这时她若有所思地把目光停在我身上。"如果这个肯普和罗茜·德里菲尔德一起私奔了,那他一定丢下了他的妻子。"

"我想也是。"我回答。

"你能帮个大忙吗?"

"如果我帮得上的话,当然。"

"你能不能到布莱克斯特博去跑一趟,了解一下究竟出了什么事?我想我们应当和他的妻子取得联系。"

我从来不喜欢干预别人的私事。

"我不知道怎么去和她联系。"我回答。

"你不能去看她一次吗?"

"不行。"

可能巴顿·特拉福德夫人会觉得我的回答很不客气,不过她并没有表现出来。她微微一笑。

"不管怎么说,这事可以先不忙。现在最紧急的是到那儿去一趟,弄清楚肯普的情况。今天晚上我要设法见到爱德华。我不能想象把他一个人留在那所倒霉的房子里。我和巴顿已经决定把他请到我们这儿来。我们有个空房间,我会做点安排使他可以在这里工作。你觉得这样是不是对他最合适,奥尔古德?"

"完全是的。"

"他没有理由不能在我们这里一直待下去,至少他可以待上几个星期,然后他可以和我们一起去度夏。今年我们去布列塔尼半岛[4]。我想他会高兴去的。他可以彻底改变一下环境。"

"迫切的问题是,"巴顿·特拉福德说,他的眼光几乎和他妻子的目光一样温厚地盯着我,"这位年轻的外科医生是否愿意到布莱克斯特博去跑一趟摸摸情况。我们必须了解我们面临的究竟是怎么回事。这是至关重要的。"

巴顿·特拉福德说话时态度热情,用语诙谐甚至还带俚语,使他一时看上去脱离了对考古学的兴趣。

"他不可能拒绝,"他的妻子说,同时用一种温和、恳求的眼光看了我一眼,"你不会拒绝我们吧?这件事太重要了,而你是唯一可以帮助我们的人。"

她当然不知道我其实和她一样急切地要弄清楚究竟是怎么回事;她不了解我的心在经受着多么剧烈的妒忌和痛楚。

"可是星期六之前我离不开医院。"我说。

"那可以,你太好了,所有爱德华的朋友都会感谢你的。你什么时候回来?"

"我必须在星期一一早赶回来。"

"那就请你在星期一下午到这里来喝茶。我将急切地等你来。感谢上帝,一切都安排好了。现在我得设法找到爱德华了。"

我知道她要我走了。奥尔古德·牛顿也告辞了,我们一起下楼。

"咱们的伊莎贝尔今天有点像阿拉贡王国的凯瑟琳,我觉得她这样表现非常之恰当,"大门关上后他自言自语地说,"这是个极其难得的机会,咱们的朋友肯定是不会错过的。一位十分动人的女士，有一颗金子般的心。Venus toute entiere à sa proie attachée5。"

当时我不大懂他说这番话的意思，因为我告诉读者的有关巴顿·特拉福德夫人的情况是我在那以后很久才了解到的，不过我听出来牛顿说话时口气中带有一丝隐晦的恶意，可能还很有趣，所以我唙唙地笑了。

"我看，你很年轻，大概宁肯使用我的好迪西在不走运的时候被称之为伦敦平底船的那玩意儿吧。"6

"我坐客车回去。"我回答。

"喔？要是你打算坐双轮小马车的话，我倒准备请你允许我搭一段车，但是你现在既然准备采用我这个老古板仍称之为公共汽车的这种平凡的交通工具，那么我还是把我这臃肿的躯体装进一辆四轮马车为好。"

他招手叫了一辆马车，上车前把两个懒洋洋的手指头伸给我握。

"星期一我将前来听取亲爱的亨利会称之为极其微妙的使命的结果。"

---

1 赫克托（Hector）：荷马史诗《伊里亚德》中特洛伊战争时特洛伊人的首领。
2 皮姆利柯（Pimlico）：伦敦西南部地区名，在泰晤士河

左岸。
3 约翰逊（Samuel Johnson 1709—1784）：英国著名诗人，散文家，文艺评论家和词典学家。
4 布列塔尼（Brittany）：法国西北部海岸疗养地。
5 法语，意为维纳斯扑在了猎获物身上。
6 指用双脚步行。

Chapter
< 20 >

第二十章

但是我一直到好几年之后才又见到奥尔古德·牛顿,因为当我到达布莱克斯特博的时候,我看到巴顿·特拉福德夫人的一封来信(她很细心,记下了我的地址),信中叫我不要按原来的计划到她家去,而在下午六点在维多利亚车站的头等候车室里等她,她说改变地点的原因见面时告诉我。星期一下午,我一摆脱医院的事务就立即赶到那里,稍等了片刻,就看见她进来了。她踏着轻快的碎步朝我走来。

"有什么情况吗?我们找个清静的角落坐下来吧。"

我们找到了一个僻静地方。

"我先解释一下为什么请你到这里来,"她说,"爱德华现在和我们住在一起。开始,他不肯来,我再三说服他才来的。可是他现在神经还很紧张,身体不好,脾气很坏。我不敢冒险把你请去,我怕他看见你。"

我把我了解到的事实情况告诉她,她听得很仔细,并不时地点点头。但是我不可能期待她能理解我在布莱克斯特博看到的喧闹的情况。那个小镇为这件事激动得发狂了。多年来那里还没有发生过这样令人震惊的事件,人们成天就谈这件事。矮胖子[1]摔了一大跤,乔治·肯普老爷逃跑了。在他潜逃前一个星期,他宣布说他有事要去伦敦,两天后就有人向当局指控他已破产。好像他在建筑行业的计划没有成功,他想把布莱克斯特博变成一个海边休养胜地,但却没有多少人响应,因而他不得不想方设法募集资金。他逃跑后,这个小镇流传着各种谣言。为数不少的家底很薄的居民把他们的积蓄都投资在乔治老爷的事业中,现在面临着失去一切的局面。事情的细节弄不清楚,因为我的叔父母都不懂做生意的事情,而我在这方面也没有多少知识,弄不大懂他们告诉我的种种情况。不过我知道乔治·肯普的房子被抵押了,他的家具也列单拍卖。他的妻子被他抛弃,不名分文。他的两个儿子,一个二十岁,一个二十一岁,都干煤炭行业,而这个生意也受到整个破产的牵连。乔治·肯普逃走时带走了他所有能搞到的现款,人们说大约有一千五百镑左右,我想象不出他们是怎么知道的;听说已经对他发了通缉令。人们猜想他已离开英国;有的说他去澳大利亚了,有的说去加拿大了。

"我希望他们能抓住他,"我叔叔说,"他应当被判终身劳役监禁。"

小镇到处充满对他的愤怒谴责。他们不能原谅他,因为他平时这样花哨、喧哗,因为他耍弄了他们,请他们喝酒,给他们开游园会,因为他驾驶那样漂亮的小马车,因为他那样放荡不羁地歪戴着他那宽边毡帽。到了星期天晚上做完礼拜后在教堂的礼拜室里,教堂执事告诉了叔父最坏的消息。他说过去两年中乔治·肯普几乎每个星期都和罗茜·德里菲尔德在哈弗沙姆会面,他们在一家客店过夜。客店的店主在乔治老爷的那些投机事业中有投资,现在他发现他的钱一去不复返了,因此把乔治老爷和罗茜之间的事情全抖了出来。如果乔治老爷诈骗了别人,这个店主也还可以替他保守秘密,但是乔治老爷竟然也诈骗了曾经帮他大忙并且把他视为挚友的他,这就忍无可忍了。

"我看他们是一起逃跑了。"我叔父说。

"我看这是不奇怪的。"教堂执事说。

晚饭后,当女仆在收拾餐桌时,我走进厨房和玛丽·安聊天。她这天晚上也去教堂做礼拜了,因此也听到了这个消息。我相信那天晚上,没有多少做礼拜的人认真地听我叔父讲道。

"牧师说他们一起逃跑了。"我说。我只字未提我所已经知道的情况。

"嗨,当然他们一起跑了,"玛丽·安说,"他是她真正喜欢的唯一男人。他只要抬一抬小拇指,她就会离开任何男人跟他跑的。"

我垂下了眼睛,心里感受到剧烈的痛苦;我对罗茜非常气愤:我觉得她对待我的行为是很恶劣的。

"我看我们是再也见不着她了。"我说。

我说这句话时心里很难过。

"我想是见不到了。"玛丽·安高高兴兴地说。

当我把这段故事中巴顿·特拉福德夫人所需要知道的部分告诉她的时候,她叹了口气,不过她是感到满意呢还是感到难过,我就说不清了。

"好吧,反正这就是罗茜的结局了。"她说。她站起身来,向我伸出手来。"真不知道为什么这些文人总要结下这类不幸的姻缘？这是很令人难过的，很难过的。非常感谢你所帮的忙。现在我们知道我们到底面临的是什么局面了。最最要紧的是这件事不应当干扰爱德华的创作。"

她的这番评论我听起来有点不大连贯。事实是，我完全相信她脑子里一点也没有考虑到我。我陪她走出维多利亚车站并送她上了一辆去切尔西英皇大道的公共汽车，然后我走回我的寓所。

1 矮胖子（Humpty-dumpty）：英国童话作家卡洛尔（Lewis Carroll 1832—1898）所著《爱丽丝漫游奇境记》的续集《镜子背后》中的人物。

Chapter
< 21 >

第二十一章

后来我和德里菲尔德失去了联系。我生性胆怯,不愿主动去找他;另外,我也忙于应付考试,而考试通过后我又出国了。我隐约记得在报上看到过他登的与罗茜离婚的声明。关于罗茜,我再也没有听到其他消息。据说她的母亲偶尔收到一笔数目很小的汇款,十镑到二十镑,汇款单是挂号的,盖有纽约的邮戳;但是上面却没有寄款人地址,也没有附言。人们猜测那是罗茜寄来的,因为除了她,没有任何其他人会给甘恩太太寄钱,最后她的母亲寿终正寝,可能罗茜通过什么途径知道了,因为从此这些汇款也停止了。

Chapter

< 22 >

第二十二章

星期五那天我和罗伊·基尔按事先的安排在维多利亚车站见面，乘五点十分的火车前往布莱克斯特博。我们在吸烟车厢中找到一个角落，舒舒服服地面对面坐下。我从他那里已经大略知道德里菲尔德在他的妻子私奔之后的情况。罗伊后来和巴顿·特拉福德夫人来往十分密切。我了解罗伊，也记得特拉福德夫人，因此我感到他们两人的接近是必然的。我毫不奇怪地听到罗伊告诉我他曾陪同他们夫妇二人同游欧洲大陆，和他们一起狂热地欣赏过瓦格纳的作品以及后期印象派的绘画、巴洛克式的建筑。他坚持不懈地到切尔西她的住所去和她共进午餐，后来当特拉福德夫人年事渐高，身体衰弱，不得不天天待在会客室里的时候，尽管罗伊事务极其繁忙，他始终每周一次去陪伴她。他真是心地善良。在她逝世后，罗伊又撰文悼念她，文中他以动人的激情公正地评价特拉福德夫人富于同情和善于识人的天赋。

我觉得有趣的是，罗伊的一片善心到了适当的时候竟得到了意外的好报，因此巴顿·特拉福德夫人曾经对他讲过很多关于爱德华·德里菲尔德的事情，这些材料对于他现在准备写的这部满怀情意的作品自然是极其有用的。罗伊说德里菲尔德在他的不忠实的妻子私奔之后，处于一种他只能用一个法文字来形容的"绝望"境地，这时，巴顿·特拉福德夫人软硬兼施，不仅把他带回了她家里，而且把他留下，说服他住了将近一年。在此期间，她给他以亲切的关怀，她对他始终那样温厚善良，她表现了一个妇女的聪慧和谅解，其中融合了女性的策略和男性的活力，一颗金子般的心和一双从不会错过任何良机的慧眼。德里菲尔德正是在她家里写完了《他们的收获》一书。特拉福德夫人完全有理由把它看成自己的作品，而作者把此书献给她也足以证明他并没有忽略她的恩惠。她带他去意大利（当然是和巴顿一起，因为特拉福德深知人们的敌意，她不会给他们以诽谤的话柄），她在那里手拿拉斯金[1]的作品，向爱德华·德里菲尔德展示这个国家永恒不朽的美。后来她在坦普尔[2]为他找到几间房子，并在那里为他主持一些小型的午餐会，她很有风度地充当女主人，这使他得以接待他日益增长的声誉所吸引来的宾客。

他的日益增长的声誉很大程度上是特拉福德夫人努力的结果，这一点是不可否认的。他的最高荣誉是在他的晚年，那时他早已停止了创作，然而这一荣誉的基础无疑是特拉福德夫人的不懈努力所打下的。她不仅鼓励巴顿（也可能还亲自写了不少段落，因为她也是颇为善弄笔墨的）写了最后终于在《季刊》上发表的那篇文章，呼吁应当把德里菲尔德列入英国小说大师的行列，而且每当德里菲尔德出一本新书，她总要组织对作品的欢迎。她走这家，串那家，拜访编辑们，而更重要的是去拜访各个有影响的组织的负责人；她为此组织晚会，每一个可能会有用处的人都被邀请前来参加。她要爱德华·德里菲尔德在那些大人物的家里为慈善机构朗读他的作品；她精心安排让他的照片登载在一些图文并茂的周刊上；她亲自修改他准备的任何回答采访稿。在十年的时间里，她充当着他的不知疲倦的新闻代表。她使他不间断地在公众面前出现。

巴顿·特拉福德夫人那时的生活极其愉快，不过她并不显得趾高气扬。当然，如果有人邀请德里菲尔德单独参加什么聚会，他是会断然拒绝的。而当巴顿·特拉福德夫妇和他一起被邀参加什么宴请时，他们三人必定是一同前来，一同离去。她永远不会让他离开她的眼前。有些邀请德里菲尔德参加这类活动的女主人可能会大为恼火；但她们要么接受这种现象，要么放弃邀请。而一般地说，她们只好接受这种三人同行的事实。如果巴顿·特拉福德夫人有时候发点小脾气，她的这种脾气往往是通过德里菲尔德表现出来的，在这种时候，特拉福德夫人的举止依然那样和蔼可亲，而爱德华·德里菲尔德却表现出不寻常的粗鲁。她知道怎样使他能谈笑自如，而如果聚会的客人是些显贵人物，她可以使他表现得十分杰出。她将他的一切安排得真是恰当妥帖，无懈可击。她从不向他隐瞒她坚信他是这个时代最伟大的作家；她不仅在提到他时从不忽略把他说成是小说的大师，而且常常略带玩笑口吻，却又十分奉承地当面这样称呼他。直到最后，她对他的态度一直带一点调皮戏谑的味道。

后来，发生了一件可怕的事情。德里菲尔德得了肺炎，病得很厉害；有一段时间他的生命危在旦夕。巴顿·特拉福德夫人为他做了一切她可能做的事，要不是因为她当时已年过六十，身体日衰，另外德里菲尔德也需要专业护士护理的话，她会心甘情愿亲自照料他。最后，他总算渡过了险关，但是医生说他应当到乡间去休养。由于他病后异常虚弱，医生坚持应当有一名护士随行。特拉福德夫人要他去伯恩茅斯，因为那里离得近，她可以在周末到他那儿去看看他是否一切都好，可是德里菲尔德自己却想去康沃尔，医生们也认为彭赞斯的温和气候对他有益。按说，像伊莎贝尔·特拉福德这样一个直觉敏锐的女人当时会预感到这是个不祥之兆。临行前，她再三关照那个护士说她交付给她的是一个极其重大的责任；她交到她手中的，如果称不上是英国文学的未来的话，至少也是当今英国文学中最为杰出的一位代表人物，她要负责他的起居安危。这个职责是无法用价值来计算的。

三星期后，爱德华·德里菲尔德给她来信，说他经特别批准，已经同他的护士结婚了。

我想，巴顿·特拉福德夫人伟大的心灵在对待这样一个处境时所表现的姿态比她在处理任何其他事情时更加超群不凡。她有没有大叫犹大，犹大？她有没有歇斯底里大发作，扯着自己的头发，躺在地上双脚乱踢？她有没有把满腔怒火发泄在性情温和、学问渊博的巴顿头上，骂他是个唠叨不休的老傻瓜？她有没有破口大骂男人的忘恩负义和女人的水性杨花或者大喊着用一连串脏话来安慰自己受伤害的情感？据精神科的医生说,最高雅的女士竟令人吃惊地非常熟知这类词句。没有,完全没有。她写了一封动人的贺信给德里菲尔德,她还给他的新娘写信说她很高兴,现在她已不是只有一个亲爱的朋友,而是两个,她请他们夫妇在回到伦敦后务必到她家里来待一段时间。她告诉每一个她所遇到的人她对这桩婚姻非常、非常高兴,因为爱德华很快要老了,他必须得有个人照料,而谁能比医院的护士照料得更好呢?对于这位新的德里菲尔德太太,她满口赞扬;她说她并不那么漂亮,不过她的脸庞还是很好看的;她说,当然她不是完完全全的一位上流社会的女士,不过要是爱德华真娶一位出身高贵的女子,那他是会觉得不舒服的。这个太太正是他所需要的那种人。巴顿·特拉福德夫人的确洋溢着这种人类固有的恻隐之心,然而我却隐隐地有一种感觉,如果说这种人类恻隐之心中会掺杂了讥讽的话,那么她的这番言论正是这样的一个例证,我想我这样说不是没有道理的。

1 拉斯金(John Ruskin 1819—1900):英国美术批评家、思想家。
2 坦普尔(Temple):位于伦敦舰队街的一排建筑,归法学会所有。有客房供社会名流租住。

Chapter
< 23 >

第二十三章

当我和罗伊到达布莱克斯特博时,一辆既不过分奢华也不明显寒酸的汽车在等候着他,司机交给我一张便条,德里菲尔德夫人请我第二天中午去吃饭。我叫了一辆出租汽车径直去"大熊钥匙"酒店。罗伊告诉我滨海大道上新盖了一家海滨饭店,不过我不愿为了现代文明的华丽而舍弃少年时代的旧地。一到车站我就看到小镇的变迁,那已不是当年的车站了,而是建在一条新建的马路旁,另外,乘一辆汽车在大街上奔驰,这种感觉也是很新奇的。不过"大熊钥匙"酒店倒没有什么变化,仍像昔日那样粗鲁冷淡地接待我:门口没有人,司机把我的旅行包放下后就开走了;我叫了一声,没有人回答;我进了酒吧间,看见一个剪短发的姑娘正在读一本康普顿·麦肯齐先生的作品。我问她有没有空房间。她看了我一眼,似乎有点恼火,然后说可能有,我看她很不感兴趣,于是很客气地问她是否有人可以带我去看看房间。她站起来,开开门,尖声地叫着:"凯蒂。"

"干吗?"我听见有人答。

"有个先生要间房间。"

不一会儿,来了一个老古董式的憔悴的女人,穿一条很脏的印花布裙子,灰白的头发乱七八糟,蓬蓬松松,她带我走上两段楼梯进了一间又小又邋遢的房间。

"没有比这好的房间吗?"我问。

"这是生意人常住的。"她吸了吸鼻子回答。

"你没有别的房间了?"

"单人间没有了。"

"那就要双人间吧。"

"我去问问布伦特福德太太。"

我陪她一起下楼,她敲了敲一间房门。屋里叫她进去,当她开门的时候我瞥见里面是一个身体壮实的妇女,头发已经灰白,但精心地烫成了波浪形。她正在看书。看来这家旅店里的每个人都对文学很有兴趣。当凯蒂对她说我对七号房间不满意时,她冷淡地看了我一眼。

"带他去看五号吧。"她说。

我开始觉得自己那样傲慢地谢绝德里菲尔德夫人要我住在她家的邀请,又凭着自己的怀旧情绪不接受罗伊要我住在海滨饭店的建议实在有点太不慎重了。凯蒂重又领我上楼,把我带进一间临街稍大的房间。屋子的大部分空间都被一张双人床占去了。窗子准有一个月没有开过。

我对她说这间可以了,并问了她吃饭的事。

"你爱吃啥都可以,"凯蒂说,"我们现在没有吃的东西,不过我可以去给你搞一点。"

我很了解英国客店的饭菜,我点了煎板鱼和烧排骨。然后就出去散步了。我向海滩走去,发现这里新开辟了一个广场,在原来清风习习的田野上现在新建了一排带凉台的小平房和小别墅。但是它们看上去已是年久失修,泥水满墙,我猜想虽已过了这么长的岁月,当年乔治老爷要把布莱克斯特博变成海滨胜地的梦想今天仍未实现。一个退伍军人,两个老年妇女沿着到处塌陷的柏油路在散步。景象异常枯燥沉寂。一阵凉风吹过,从海上飘来水汽蒙蒙的空气。

我转身走回镇上,在"大熊钥匙"和"肯特公爵"两家酒店中间的空地上,人们三五成群地聚在一起,对这恶劣的天气好像满不在乎;他们的眼睛都是同一种浅蓝的颜色,他们高高的颧骨都像他们父辈的一样红润。我很奇怪地发现有几个穿蓝套衫的水手至今还在耳朵上戴着金耳环,而且不仅是几个年老的水手,就是那些十来岁的男孩子也戴。我沿着街道信步走去,从前的银行现在已重新装修了门面,可是那家文具铺却依然是旧日模样,我曾在那里买过纸和蜡,为了和一个与我偶然相遇的不知名作家去拓制刻像。新开了两三家电影院,它们门口五颜六色、花花哨哨的招贴广告使这条本来一本正经的街道带上了点放荡不羁的味道,有点像一个有身份的老妇人多喝了一杯以后的样子。

酒店的商人房间又冷又死气沉沉,我独自一人在一张摆了六人餐具的大餐桌上吃饭。那个邋遢的凯蒂在旁边侍候。我问她能不能生个火。

"六月份不生火,"她说,"四月以后我们就停火。"

"我付钱好了。"我不满地说。

"六月不生火。十月可以生，可是六月不行。"

吃完饭我到酒吧间去喝杯葡萄酒。

"很清静吧?"我对那剪短发的女招待说。

"是啊，挺清静。"她回答。

"我还以为星期五晚上你们会有很多客人。"

"是啊，大家会这么想的，是吧?"

这时一个身体结实、红红面孔的人从店的后堂走了出来，灰白头发剪得很短，我猜那是店主。

"你是布伦特福德先生吗?"我问他。

"是我。"

"我认识你父亲。喝杯红葡萄酒吧。"

我告诉他我的名字，在他的少年时代我的名字在布莱克斯特博比任何人的名字都有名，可是现在看到他竟想不起我来，我很伤心。不过他还是接受了我请他喝的红葡萄酒。

"有公事到这儿来的?"他问我，"我们这儿常常接待一些做生意的先生。我们总是乐意为他们效劳的。"

我告诉他我是来拜访德里菲尔德夫人的，让他去猜测我此行的目的。

"以前我常看见那老头儿，"布伦特福德先生说，"他那阵子特别爱到我这儿来喝上一杯苦啤酒。我说，我的意思不是说他小气，可是他就是喜欢坐在酒吧间里聊天。信不信由你，他一聊可以几个小时，也不在乎跟谁一起聊。可是德里菲尔德夫人可一点不喜欢他上这儿来。老头儿常常从家里溜出来，谁也不告诉,溜达到我这儿。对他这年纪来说,这还是相当长的一段路呢。当然啰,每次他们家发现他丢了,德里菲尔德夫人就知道准在我这儿,她就打电话来问他在不在。打完电话她就会坐上汽车到我这儿找我老婆。她会对我老婆说:'你去把他找来,布伦特福德太太,我不愿意自己走进酒吧间去,酒吧间里有那么多人。'所以总是布伦特福德太太进这儿来对他说,'德里菲尔德先生,你太太坐车来接你了,你快把这啤酒喝了跟她回去吧。'他总叫我们不要在电话里告诉德里菲尔德夫人他在这儿,可我们不能这么干。他年岁大了,又是那么个人物,我们可不能担当这个责任。他是这个教区出生的,知道吗?他的第一个太太是我们布莱克斯特博姑娘。她死了好多年了。我从来不认识她。这老头儿挺有趣的。他一点没架子;他们说在伦敦人家觉得他很了不起,他死的时候报纸登满了他的名字;可要是你和他聊天的话,你可一点都觉不出他是个了不起的人。他就像个老百姓,跟你我一样。当然啰,他来这儿,我们是尽量让他舒舒服服的;我们请他坐在扶手靠椅里,可是他不干,他非去坐在酒吧边上;他说他坐在那儿才觉得真是地方。我相信他在这儿比在其他什么地方都高兴。他老说他特别喜欢酒吧。他说在那儿你会见到生活,他说他就爱生活。真是个人物。他使我想起我爸爸,不过我们家老爷子可一辈子从来没看过一本书,他一天能喝整整一瓶法国白兰地,他七十八岁死的,一辈子没生过病,死的时候生的那场病是他一辈子头一次生病,所以也是最后一场病。德里菲尔德后来突然病了,我还怪想他的。前两天我还在对我老婆说什么时候我想读一本他的书,他们说他的好几本书都写的是我们这个地方的事儿。"

Chapter
< 24 >

第二十四章

第二天早晨，天气阴冷，但没有下雨，我沿大路往牧师住宅走去。我还记得沿街那些店铺的名字，那是传了几个世纪的肯特地方的名字——姓甘恩的，姓肯普的，姓科布斯的，姓伊戈尔登的，——可是一路上却没有碰到一个熟人。我觉得自己像个鬼魂游荡在一个从前差不多每个人我都认识、即使不说话也彼此认得出的地方。突然，一辆很破旧的小汽车开过来，擦过我身边的时候停了下来，往后倒了一点，车里有个人好奇地打量着我。接着，一个高大较胖的上了年纪的人从车里出来向我走来。

"你是威利·阿申登吧？"他问。

这时我也认出他了。他是镇上医生的儿子，我和他做过同学；我们同学过好几年，我知道他后来继承了他父亲的行业。

"嗨，你好啊？"他说，"我刚去过牧师家去看我孙子。那儿开了个预备班，这学期开始的时候我把他送去的。"

他的衣着很蹩脚而且身上很邋遢，可是他的相貌却很不错，我看得出他在年轻的时候一定曾是一表人才。真奇怪我以前竟从未发现。

"你都当爷爷了？"我问。

"三次之多了。"他笑着。

我吓了一跳。当年他呱呱落地,在这世上学会了走路,后来很快长大成人,结婚,生儿育女,他的儿女接着也生儿育女;我从他的外表看,他一生都在贫困中不歇地劳动。他有一种乡村医生特有的举止,粗率、诚挚但又圆滑。他的一生已经过去了。我不禁想到自己有那么多计划,写书、写剧本,我对未来充满着希望;我觉得在我今后的生涯中还有那么多活动和乐趣;可是在别人看来我恐怕已经是一个就像我眼中的医生儿子一样的老年人了。当时我的心情非常震动,因此没有想到要问起我幼年时常在一起玩耍的他的兄弟们,也忘记了问到从前在一起的老朋友们;我说了几句词不达意的话之后就和他分手了。我继续往牧师家走去,那是一幢宽敞而建筑凌乱的房子。对于对自己职责比我叔父要认真的时代牧师来说,这所住宅的地点是太偏僻了,而且就今天的生活程度来说房子花费也太大了。住宅周围有个大花园,花园外面是绿色的田野。门前有一块大布告牌,上面说为当地乡绅们的儿子开办了一所预备学校,还列出了校长的姓名和学衔。我往栅栏墙内看了看,花园杂乱肮脏,我从前经常钓石斑鱼的那个池塘已经被填掉了。原来属教堂的一块空地现在盖了一座座房子。有几排小的砖房,门前是高低不平的小道。我顺乔伊巷走去,那里也有新建的临海的小平房;过去的关栅现在是一个整洁的茶馆。

我到处走来走去。好像有无数的小街小巷,里面是一幢幢黄砖瓦的小房子,但是我不知道里面住的是谁,因为周围没有任何人来往。我走向港口。那里十分冷落,只有一艘不定期的货船停在码头外面,两三个水手正坐在一所仓库外面,我走过时他们看着我。煤炭行业已经萧条了,运煤船也不再来布莱克斯特博。

到我该去费内别墅的时间了,我于是走回旅店。店主曾说他有一辆戴姆勒牌的汽车可以出租,我和他说好坐这辆车去赴午宴。我回到店里时,车子已在门口等候,那是一种四轮马车式的汽车,不过是我见过的这种型号中最老式最破旧的;一路上它叽里咕噜,叮叮当当,咔嗒咔嗒,突然还会发怒似的蹦起来,我实在担心我能不能坐着它到达目的地。可是这辆车不寻常的和特别有趣的一点是它的气味和当年我叔父每个星期日雇来送他去教堂的那种顶盖可以开闭的四轮马车的气味一模一样。那是一种马厩和马车底下储存的腐烂稻草的刺鼻的气味;奇怪的是这么多年过去了,为什么在这辆汽车里竟还散发出这股味道。没有其他任何东西比一种香气或臭味更能使人回忆起往昔了。我忘记了我眼前匆匆逝去的乡村景象,似乎看见自己又是当年的一个小男孩,坐在马车里,身旁是圣餐盘,对面坐着婶母,她身上散发出洗得干干净净的衣衫以及花露水的淡淡的香气,她穿着黑色的绸斗篷,小帽子上插一根羽毛。她旁边坐着叔父,他穿着神父法衣,在他宽阔的腰间系一条很宽的带棱的绸腰带,颈上一条金链挂着金十字架,一直垂到肚子上。

"听着,威利,今天可要规规矩矩的。坐在位子上身子别来回转动。教堂是上帝的所在,不能吊儿郎当,你要记住你比其他孩子条件好,应当给他们树个榜样。"

当我到达费内别墅时,德里菲尔德夫人和罗伊正在花园里散步,我从车上下来时,他们迎上前来。

"我在给罗伊看我种的花。"德里菲尔德夫人一边与我握手一边说。她叹了口气又说:"我现在只剩这些花了。"

她看上去和我六年前看见她时差不多,并不显老,穿一身显得文静高贵的丧服,衬着白绉纱的领子和袖口。我注意到罗伊戴了一条黑领带配上整洁的蓝西装;我猜他是为了对尊敬的死者表示敬意。

"我就带你看看我这一圈草本植物花坛,"德里菲尔德夫人说,"然后我们进去吃午饭。"

我们沿着花园转着,罗伊对花草的知识很丰富。他知道所有花儿的名称,那些拉丁字从他舌头上发出来就像卷烟机滚滚地制造出一根根香烟一样顺溜。他告诉德里菲尔德夫人,她必须增加哪些品种,从哪里可以搞到,以及哪些品种特别美丽。

"我们从爱德华的书房进去好吗?"德里菲尔德夫人提议,"我把他的书房完全保持原样,一丝未动。你想象不到有多少人来参观这所房子,当然他们最感兴趣的是看他过去工作过的房间。"

我们从一扇开着的落地长窗进去。书房的桌上放了一大花瓶玫瑰花,扶手椅旁边的小圆桌上有一份《旁观者》[1]。烟灰缸里放着屋子主人生前用过的烟斗,墨水缸里盛着墨水。房间整理得井井有条。可是不知为什么我觉得这里显得特别死气沉沉,它已经有一股博物馆的霉味了。德里菲尔德夫人走近书架,半开玩笑半伤感地微微一笑,一只手迅速地在五六本蓝色封面的书上滑过。

"爱德华很欣赏你的作品,"她说,"他常常重读你写的书。"

"我很高兴。"我客气地回答。

我完全知道,上次我来这里做客时,书架上根本没有我的这些作品,我装作随随便便的样子拿下一本,用手指摸了一下书的上端看看有没有积尘。没有。我又取下一本,正好是夏洛蒂·勃朗特的,我一边有意和他们说着话,一边又做了次同样的试验。竟也没有灰尘。我唯一能得到的证实是:德里菲尔德夫人是个极好的主妇,她的女仆也一定十分尽责。

我们接着去进午餐,那是一顿很丰盛的英国式午餐,有烤牛肉和约克郡的布丁,吃饭的时候,我们谈论了罗伊着手要写的作品。

"我想尽量节省一点亲爱的罗伊的劳动,"德里菲尔德夫人说,"我一直在把我能收集到的材料收集起来。这件事当然是痛苦的,但也是有趣的。我理出了好多旧照片,我一定要给你们看看。"

吃完饭,我们进了起居室,我又一次注意到德里菲尔德夫人布置房间的高雅趣味。这间房子对一个名作家的遗孀的身份极其相配,比作为他的妻子更相宜。那些印花棉布,那一碗碗熏房间的百花香,那些德累斯顿的瓷像,似乎都蒙上了一层淡淡的忧伤;它们好像都在凄凉地反映着昔日的荣耀。我真希望在这阴冷的天气,屋子里能生上一堆炉火,但是英国人是一个既能吃苦又很守旧的民族,对他们来说,为了信守自己的原则而让别人不舒服并不是一件困难的事。我不大相信德里菲尔德夫人会考虑在十月一日之前在屋子里生火。她问我最近有没有见到那年把我带来和他们夫妇共进午餐的那位夫人。从她略带辛酸的口吻中我猜测自从她那杰出的丈夫逝世后,那些显贵时髦的人物显然已逐渐把她弃置一旁了。我们在起居室中刚刚就座,开始谈论去世的人;罗伊和德里菲尔德夫人正开始巧妙地向我提问题,想激发我,打开我的回忆,而我则正在运用我所有的机智以防在我不备之时泄漏出我决心不让他人知悉的那些事情,这时,穿着整洁的客厅女仆突然端着放在托盘上的两张名片进来了。

"太太,门口有两位先生坐着车来的,这是他们的名片。他们问是不是可以进来看看这儿的房子和花园。"

"真烦人!"德里菲尔德夫人叫道,可是却带着异常欣喜的口气,"我刚才还在说到那些想来看看这房子的人,怪不怪?我一刻也得不到安宁。"

"你干吗不告诉他们你很抱歉不能接待?"罗伊说,我觉得他说话时带一点狡猾的口吻。

"这不行啊,爱德华不会愿意的。"她看着名片,"我的眼镜没在身边。"

她把名片递给我。其中一张上印着"亨利·比尔德·麦克杜格尔,弗吉尼亚大学",又用铅笔写了"英国文学助理教授"。另一张名片上印的是"琼-保尔·昂德希尔",名片下部有一个纽约的地址。

"美国人,"德里菲尔德夫人说,"出去对他们说如果他们愿意进来参观,我将很高兴。"

不一会儿,女仆把两个陌生人带了进来。是两个高个子的年轻人,宽宽的肩膀,浓眉大眼,胡子剃得光光的,脸色黝黑,眼睛很漂亮;他们两人都戴着牛角架的眼镜,都有一头从前额往后梳的浓浓黑发。他们都穿着显然是崭新的英国西装;他们两人的神情都略带窘迫,但说话都有点啰唆,而态度又异常地彬彬有礼。他们解释说,他们正在英国做一次文学研究的旅行,他们正在前往拉伊巷拜谒亨利·詹姆斯故居的途中,因为他们都十分钦佩爱德华·德里菲尔德,所以中途在此停留,冒昧请求允许他们看一看在德里菲尔德作品中多次提到因而已成为胜地的这所房子。德里菲尔德夫人对他们提到拉伊巷并不高兴。

"我想这两个地方是有不少联系的。"她说。

她向这两个美国人介绍了罗伊和我。我对罗伊应付这种场面的本事简直佩服得五体投地。他好像曾在弗吉尼亚大学做过演讲并且还在他们那个文学系的一位头面人物家里住过。他说那是他难忘的一段经历。他不知道究竟是亲切的弗吉尼亚人的盛情款待还是他们在文学艺术方面的聪慧才智给他留下了更为深刻的印象。他向他们问起某人近来如何,某人可好;他在那里交了一些终生的朋友,听他说起来,好像他在那里碰到的每一个人都是那样友好、善良、聪明。要不了多久,那位年轻的助理教授已开始对罗伊讲他是如何地欣赏他的作品，而罗伊又谦虚地向他表示他的这本书和那本书原来的写作意图是什么，他又是如何地意识到他远未实现这些意图。开始，德里菲尔德夫人带着好感微笑着听他侃侃而谈，后来我觉得她的微笑带点勉强了。可能罗伊也已感觉到了，因为他突然转了话题。

"我不该拿我的那些东西跟你们唠叨，"他大声热情地说，"我来这里只是因为德里菲尔德夫人信任我，给了我极大的荣幸，要我写一本介绍爱德华·德里菲尔德生平的作品。"

这件事当然又引起了客人的极大兴趣。

"信不信，这活儿可不容易，"罗伊诙谐地带点美国腔说，"幸好，我有德里菲尔德夫人的协助。她不仅是个十全十美的妻子，而且是个令人钦佩的记录抄写员和秘书。她交给我使用的材料异常丰富，所以我其实已没有多少事情可做，只需借助她的勤奋和她的……她的充满感情的热诚就行了。"

德里菲尔德夫人垂下双眼端庄地看着地毯，而那两个年轻的美国人马上把他们又大又黑的眼睛转向了她，在他们的目光中洋溢着同情、兴趣和尊敬。后来谈话又继续了一会儿——一部分谈的是文学，但又谈了打高尔夫球，因为两位客人说到了拉伊巷后他们想打一两场球，谈到打球，罗伊又是完全在行了，他告诉他们要注意球场上哪些哪些障碍，他说希望他们回伦敦后能在森宁代尔和他一起打一场。此后，德里菲尔德夫人站了起来，邀请客人随她去参观爱德华的书房和卧室，当然还有花园。罗伊也站了起来，显然准备陪同他们参观，但是德里菲尔德夫人却对他淡淡一笑；这微笑很愉快却也很坚定。

"罗伊，不必麻烦你了，"她说，"我带他们看就可以了。你留在这儿陪阿申登先生谈谈。"

"喔，好啊，当然，当然。"

客人和我们告别后，我和罗伊重新在印花布面的扶手椅里就座。

"挺不错的房间，是吧？"罗伊说。

"很不错。"

"把这房间弄成现在这样，埃米可费了大劲了。你知道老头儿是在他们结婚前两三年买下了这所房子的。她想要他卖掉，可是他怎么也不干。在有些事情上他固执得很。这所房子原来是一个叫沃尔夫小姐的人的财产，爱德华的父亲是这位小姐的管家，他说他从小就有个愿望，希望有朝一日这房子能成为他自己的，现在他终于得到了，也就不会再卖掉了。别人都会以为他最不会干的一件事就是住在一个人人都知道他低微出身和他所有其他事情的地方。有一次，可怜的埃米差一点雇了一个女仆，幸而没完全说定她就发现了这个姑娘原来是爱德华的侄孙女。埃米刚到这里来住的时候，这里从阁楼到地窖全是按托廷纳姆宫廷路上住宅的式样布置的；你知道那种式样吧，土耳其地毯，红木酒柜，长毛绒面子的客厅家具加上现代的镶嵌。这是德里菲尔德心目中的绅士房间。埃米说简直难看死了。可是他不许她变换任何一件东西，她不得不万分谨慎；她说她实在无法在这样的房间里住下去，她决心要把这些屋子弄得像个样子,她只好一件一件地悄悄更换屋里的东西,使他不注意。她告诉过我最最艰巨的任务是他那张写字台。我不知道你是否注意了现在放在他书房的那张书桌。那是一件很好的古董;我也会很愿意用这么一张书桌的。可是原来他用的是一张可怕的活动拉盖的美国书桌。那张桌子他用了好多年了;在那上面写成了十几本书,他就是不愿意换掉它,他倒并不是对这种家具特别喜欢;他只是因为用了那么久,有了感情。你一定要叫埃米给你讲讲她最终是怎么换掉那张书桌的。简直是绝妙的。她是个了不起的女人;她一般都能最后按她自己的意思办。"

"我已经注意到了。"我说。

当罗伊表现出想陪同客人参观房子的时候,她没有费什么劲就把他拦住了。罗伊看看我,大笑起来。罗伊一点不傻。

"你对美国人没有我了解得透,"他说,"他们宁可喜欢一只活耗子而不爱一头死了的雄狮。这也是我喜欢美国人的原因之一。"

---

1 《旁观者》,艾迪生和斯梯尔创办的日刊,现为伦敦发行的周刊。

Chapter
< 25 >

第二十五章

德里菲尔德夫人送走这些朝圣者后回到客厅时,她腋下夹着一个卷宗。

"这两个年轻人真可爱!"她说,"我希望英国的青年也能像他们一样对文学有浓厚的兴趣。我送了他们一张爱德华的遗容的照片,他们还要了一张我的照片,我为他们签了名。"接着,她很有风度地对罗伊说,"你给他们留下了深刻印象,罗伊,他们说能见到你实在是十分荣幸。"

"那是因为我去美国做过多次讲学。"罗伊谦逊地说。

"可是他们还读了你的作品。他们说你的作品充满活力,所以他们很喜欢。"

卷宗里有几张很老的照片,有一张是一群学校的孩子,要不是德里菲尔德的遗孀给我指出,我根本认不出那个头发蓬乱的顽童就是德里菲尔德。还有一张是一个十五人的橄榄球队,这时的德里菲尔德已经长大了一些。另一张上是个年轻水手,穿着套头衫和水手外衣,那是德里菲尔德跑到海上去的时候照的。

"这张是他第一次结婚时的照片。"德里菲尔德夫人说。

照片里德里菲尔德留着胡子,穿一条黑白格子的裤子;纽扣孔里插了一朵很大的衬着孔雀草的白玫瑰花,身旁的桌子上放一顶大礼帽。

"这儿是新娘,"德里菲尔德夫人说,她竭力想不漏出微笑来。

可怜的罗茜,四十多年前在一个乡村照相师的手下竟成了这么个怪模样。她直挺挺地站在那里,背后的布景是一个豪华的大厅,手里拿着一个很大的花束;她裙子上装饰过分花哨,腰部掐得很紧,裙子里撑着腰垫。刘海一直垂到了眼皮上。一堆浓发上高高地套了一个橘花花环;从花环往后披着长长的白纱。只有我对着这样一张照片可以想象得出当时罗茜实际上有多美。

"她看上去特别庸俗。"罗伊说。

"她就是很庸俗。"德里菲尔德夫人轻声说道。

我们又看了爱德华的其他一些照片,有他成名以后照的,有他仅留着唇上小胡子时照的等等,还有所有他晚年时脸刮得干干净净时照的。你从这些照片上可以看到他的脸越来越瘦削,皱纹越来越多。他早年那种执拗平凡的神态渐渐溶化成了一种疲惫的优雅。你可以看到经验、思考和已实现的抱负在他身上所引起的变化。我又看了看他还是个年轻水手时的照片,似乎觉得早在那时他就带有一丝超然的神态,这种神态在他晚年的照片中异常明显,而且多年前我在他本人身上也模糊地有此感觉。你所见到的他的面孔只是一个面具,而他的行动也是并无意义的。我得到一种印象好像真正的德里菲尔德一直到他去世都是孤独的,不为人所了解的,真实的他犹如一个幽灵默默地徘徊在作为作家的他和实际生活的他之间,这个幽灵带着超然的嘲讽的微笑注视着世上人们当成是爱德华·德里菲尔德的这两个模拟假象。我意识到我所描述的德里菲尔德并不是一个真正脚踏实地、带着明确的动机和合乎逻辑的行为的活生生的人物;我也没有试图这样做,我很高兴这个任务留给了阿尔罗伊·基尔那支更有才华的笔去完成。

我在那堆照片里看到一张那个演员哈里·雷特福德为罗茜拍的相片,还有一张莱昂内尔·希利尔为她画的那幅肖像的照片。我不禁心头感到一阵刺痛。我记得最清楚的就是这幅肖像上的她。尽管她的服装已经过时,她看上去还是充满生气,她所蕴藏的激情使她全身都显得在轻轻地颤抖。她似乎要把自己献给爱情的冲击。

"她给人的印象像个粗壮的村姑。"罗伊说。

"要是你喜欢挤奶姑娘这个类型,"德里菲尔德夫人说,"我一直觉得她看上去像个白皮肤的黑种人。"

这也是过去巴顿·特拉福德夫人喜欢用来形容罗茜的用词,而罗茜的厚嘴唇、宽鼻子很遗憾地使这种描写带有一点真实性。但是他们所有人都不知道她那发银光的金发和发金光的银白色皮肤;他们更不知道她那迷人的微笑。

"她一点不像白皮肤的黑种人,"我说,"她像黎明一般贞洁。她像青春女神[1]一般,也像一朵蔷薇一样。"

德里菲尔德夫人微微笑了,她和罗伊交换了一个别有用意的眼色。

"巴顿·特拉福德夫人和我谈了很多关于她的事情。我并不是有意对她怀有恶意,不过她恐怕不可能是个好女人。"

"在这点上你恰恰弄错了,"我回答说,"她是个很好的女人。我从未见她发过脾气。你想问她要什么只要开口就行了。我从来没有听她说过一句中伤他人的话。她的心像金子一般。"

"她邋遢得要命。她的家里永远是乱七八糟的;你根本不愿在一张椅子上落座,因为那上面满是灰尘,你更不敢正眼瞧一下那些角落。她自己也是这样。她从来不知道怎么样系好裙子,你总可以从裙子的一边看到她的衬裙拖出来两英寸。"

"她对这类事是不在意的。这些事并不减少一分她的美。她的为人和她的容貌一样美好。"

罗伊放声大笑起来,德里菲尔德夫人用手遮住嘴,掩住她的微笑。

"好了,好了,阿申登先生,你说得的确有点过分了。不管怎么说,我们要面对现实,她是个色情狂。"

"我认为这是个很愚蠢的词儿。"我说。

"那么让我这么说吧,她这样对待可怜的爱德华,至少不是个很好的女人。当然这件事应该说是因祸得福。如果她没有和别人私奔的话,他可能终生都要背上这个包袱,而有了这样一个障碍,他永远不可能达到后来他所取得的地位。可是事实是,她对他那样不忠实,这是臭名昭著的。从我听到的情况看,她在男女关系上简直是乱透了。"

"你不懂,"我说,"她是个很单纯的女人。她的意图是健康的,坦率的。她愿意让别人都高兴。她爱爱情。"

"你把这称作爱情?"

"好吧,或者叫作爱情的行为。她对人天生地产生好感。当她喜欢一个人的时候,她觉得和他一起睡觉是很自然的事。这并非道德败坏,也不是生性淫荡,这是她的一种天性。她把自己的身体交给别人就像太阳发出光芒、鲜花吐出芬芳一样地自然。她感到这是一种愉快,她愿意给他人带来欢乐。这丝毫无损她的性格;她还是真诚、无瑕、天真的。"

德里菲尔德夫人这时的表情就像是吃了一服蓖麻油,现在正在吮吸一个柠檬,以便去掉嘴里的味道。

"我真搞不懂,"她说,"不过我不得不承认我始终不理解爱德华喜欢她什么。"

"他知道她和各种各样的人有暧昧关系吗?"罗伊问道。

"他肯定不知道。"她很快地回答。

"你比我更把他当成大傻瓜,德里菲尔德夫人。"我说。

"那么他为什么要容忍呢?"

"我想我可以给你解释。你要知道罗茜不是那种激起爱情的女人。她只有一种对人的好感。对她产生嫉妒情绪是很荒谬的。她就像林中空地上的一个池塘,清澈、深奥,如果你跳下去浸泡一下自己,那是极其美妙的,而即使有一个流浪者,一个吉卜赛人或一个猎场看守在你之前曾经跳下去浸泡过,这一池清水也仍然会同样地清凉,同样地晶莹透彻。"

罗伊又一次大笑起来,这一次德里菲尔德夫人也并不掩饰她的微笑。

"听你这样抒情地讲话实在很滑稽。"罗伊说。

我压住了自己的一声叹息。我早已发现当我最严肃的时候,人们却总要发笑,事实上当我隔了一段时间重读我自己当初用我全部感情所写下的那些段落时,我自己竟也想笑我自己。这一定是因为真诚的感情本身就有着某种荒谬的东西,不过为什么这样我也想不出道理来,莫非是因为人本来就只不过是一个无足轻重的行星上的短暂生命,因此对于永恒的头脑来说一个人一生的痛苦和奋斗只不过是个笑话而已。

我看出德里菲尔德夫人好像有什么事情要问我。她有点窘。

"你觉得如果她愿意回来的话,他会要她吗?"

"你当然比我更了解他。我认为他不会的。我想当他的某一种激情枯竭的时候,他对当初激起这种感情的人也失去了兴趣。我觉得他这个人是强烈情感和极端无情的一个奇怪结合。"

"你怎么能这样讲呢,"罗伊叫道,"他是我所见到的人中最最充满慈爱的。"

德里菲尔德夫人盯住我看了一阵,然后垂下眼光。

"不知道她去美国后怎么样了。"罗伊问。

"我想她一定和肯普结婚了,"德里菲尔德夫人说,"听说他们改了姓名。当然他们不能在这里露面了。"

"她什么时候死的?"

"大约十年前。"

"你怎么听说的?"我问。

"是罗伯特·肯普,就是肯普的儿子说的;他在梅德斯通做什么买卖。这个消息我一直没有告诉爱德华。对他来说她早已死了,我又何必去提醒他这些往事呢?我总觉得遇事要设想自己处在别人的位置,这是有好处的。我自问如果我是爱德华的话,我不会愿意别人提起我青年时代的一段不幸遭遇的。你不觉得我的想法对吗?"

1　希腊神话中在奥林匹斯山为众神倒酒的女神。

Chapter

< 26 >

第二十六章

德里菲尔德夫人很客气,要用她的车子送我回去,不过我还是愿意散散步。我答应她第二天再去费内别墅吃饭,同时把当初我常常见到爱德华·德里菲尔德的那两段时间中还记得的一些事情写下来。我沿着蜿蜒的道路走去,一路上一个人都没有遇见,我思索着第二天我应该讲些什么。不是我们常听说风格来源于删节的技术吗?如果确实如此的话,我肯定能把我要讲的写成一篇很漂亮的文章,我几乎感到惋惜,这些内容将仅被罗伊用作素材。当我想到如果我愿意的话,我可以抛出一些材料使他们觉得像是在他们头上扔了颗炸弹时,我不禁独自咯咯发笑了。有一个人是最能向他们介绍爱德华·德里菲尔德和他第一次的婚姻的,不过这件事我还是想保守秘密。他们以为罗茜已不在人世,他们错了,罗茜还活得很好。

那次为一个剧本的上演我到了纽约,我的经纪人的新闻代表特别卖力,因此我到达纽约的消息被大肆宣扬,弄得尽人皆知。有一天我突然收到一封信,字迹很熟悉,可是一时却想不起是谁的。字写得又大又圆,坚实有力但却显出写字的人没有受过多少教育。它们那样眼熟,我不禁对自己竟想不起它是谁的手笔这一点非常恼火。其实最明智的做法是赶快拆开信封看一看就一切都明了了,可是我却宁愿搜索枯肠揣摩这信来自何人。有时候有的字迹使我一看就感到一阵颓丧,也有些信件一看信封就感到厌烦,因此可能会扔在一边一个星期后才打开。可是当我终于撕开我手中的这个信封时,里面的内容却使我产生一种奇怪的感情。信很唐突地这样写道:

> 我刚看到你在纽约的消息,很希望再见到你。我现在不住在纽约,但我所住的扬克斯离纽约不远,如果你有一辆汽车的话,大约半小时即可到达。我想你的日程一定很忙,所以请你决定日子。虽然我们已多年不见,希望你还没有忘记你的老朋友。
>
> 罗茜·伊哥尔登(原德里菲尔德)

我看了看地址,叫作艾尔比马利,显然是个旅馆或是公寓房子,在这个后面才是街名和扬克斯的地名。我不禁浑身一颤,好像什么人在我的坟墓上踩过一般。在过去的那些岁月中我偶尔也想到过罗茜,不过近年来我对自己说她肯定已不在人世。有那么一会儿我对她的姓氏感到不解。怎么叫伊哥尔登而不是肯普呢?后来我想起那一定是他们从英国逃跑的时候改的一个假名,那也是一个典型的肯特名字。我最初的反应是找个借口不去见她,我对于会见那些长久不见的人总觉得不好意思;可同时我却又十分好奇。我很想看看她现在怎么样了,听听她后来的经历。我正要去多柏渡口过周末,路上要经过扬克斯,因此我回信说我将在星期六下午大约四点时去看她。

艾尔比马利是一幢很大的公寓房子，看来建造不久，住在那里的看来是些景况比较宽裕的人。看门的是个穿制服的黑人，他用电话通报了我的姓名，另一个黑人开电梯送我上楼，我感到十分紧张。开门的又是一个黑人姑娘。

"请进，"她说，"伊哥尔登太太正在等你。"

她把我引进一间客厅兼餐厅的房间，一端是一张满是雕刻的橡木餐桌，一个酒柜和四把格兰特拉比德的商人肯定会鉴定为詹姆斯一世时代产品的椅子。但屋子的另一端却是一套路易十五时代的布置，家具都是镀金的，套垫是一色浅蓝织锦；周围有好多个小桌子，也都是镀金的，雕刻得富丽堂皇，上面放着镀金的赛佛尔陶制花瓶和一些裸体妇女的铜像，铜像上的饰巾像在一阵巨风中被吹拂飘起一般，艺术性地掩住了体统所需要遮盖的那些部分；每一个铜像都嬉戏般伸出一个手臂，在手臂的前端都举着一盏电灯。屋里的那个留声机是我在店铺橱窗中所见到过的最为豪华的，机器全部镀金，样子像一顶轿子，外面画了华托[1]笔下的朝臣们和他们的夫人。

我等候了约莫五分钟后，有一扇门开了，罗茜精神焕发地走了出来。她把双手伸向我。

"哎呀，真是个意外，"她说，"真难相信我们有多少年不见了。请等一等。"她走到门口朝外面叫道："杰西，把茶点拿来吧。水要好好烧开啊。"说完，她走回来："你真不知道我费了多大气力教会那姑娘如何煮茶。"

罗茜至少已经七十岁了，穿一身极漂亮的绿色薄纱无袖裙袍，身上珠光宝气，领口是方的；衣服贴在她身上像是绷得紧紧的一只手套。从她的身材看，我猜她里面穿着橡胶的胸衣。她涂着鲜红的指甲油，眉毛是修过的。她身体发胖了，有了双下巴；虽然她在袒露的胸口拍上了好多粉，皮肤却仍泛现出红色，她的脸上也同样是红红的颜色。不过她看上去身体健康，精力旺盛。她的头发依然很浓厚，只是颜色已相当灰白，剪得很短，经过电烫。在她年轻的时候，她有一头柔软、自然弯曲的头发，而现在她头上这些呆板的电烫波浪就像刚走出理发店那样，这似乎构成了她身上最大的变化。唯一没有变的是她的微笑仍带着昔日那种孩子气和调皮的甜美。过去她的牙齿一直不好，长得很不整齐，样子很不好看；可是现在她却换上了一口整整齐齐、洁白如雪的假牙；这显然是金钱所能买到的最漂亮的假牙。

那个黑人女仆端来了极丰盛的茶点，有小面饼、三明治、小点心、糖果和小小的刀叉及餐巾。一切都显得十分得体。

"这是我始终无法放弃的习惯——茶点，"罗茜一边拿起一个黄油小面包一边说，"这是我一天中最好的一顿饭，真的，虽然我知道自己不该吃。我的医生不断对我说：'伊哥尔登太太，你要是这样每天喝茶的时候都要吃上六七块点心，你的体重是无法减轻的。'"她朝我微微一笑。这时我忽然产生一种感觉，尽管罗茜烫着波浪形的头发，搽了那么多白粉，同时已经变得肥胖，然而她还是和从前一样，并没有改变。"可要是我，就说：你享受一点你真正想的东西，这对你是有好处的。"

我始终觉得和罗茜是很容易交谈的。不一会儿，我们就聊起天来，就像我们只有几个星期没见面一般。

"你接到我的信很意外吧？我加了德里菲尔德，让你好知道是谁来的信。我们来美国的时候改了伊哥尔登这个姓。乔治离开布莱克斯特博的时候，发生了点小小的不愉快，你可能早已听说了。所以他想来到一个新的国家最好换个新的姓，从头开始，你懂我的意思吧。"

我含糊地点了点头。

"可怜的乔治，他十年前就去世了。"

"我很难过。"

"哎，他后来年纪越来越大了。他已过了七十，不过你看他的外表可猜不出他有那么大。他的去世对我打击很大。他对我真太好了，没有一个女人会想要一个比他更好的丈夫。从我们结婚到他去世，我们两人从未吵过一句嘴。另外值得安慰自己的是，他留下的财产足够我宽裕地生活了。"

"我很高兴。"

"是啊，他在这里搞得很不错。他从事的是建筑业，这是他一直惦记要搞的，他和泰姆迈尼合伙。他常说他一生最大的错误是没有早二十年来这里。他从头一天到达就爱上了这个国家。他精力充沛，而这个国家需要的就是这个。乔治正是在这种环境下能有所成就的这种人。"

"你后来从未回过英国？"

"没有，我也从来没有想回去过。那时候乔治倒常说回去作一次旅行,可是我们从来没有认真考虑过,现在他已不在人世了,我也没有想回去这种念头。我觉得在纽约待惯了之后再回到伦敦,我一定会一方面觉得死气沉沉,另一方面却又会有许多感触。我们以前一直住在纽约。他去世后我才搬到这里来的。"

"你为什么挑了扬克斯这地方呢?"

"我一直想住在这里。我常对乔治说,等我们退休后我们住到扬克斯来。我总觉得这地方有点像英国的梅德斯通或者基尔德福特或其他这一类的地方。"

我微微笑了,可是我懂罗茜的意思。尽管这里满街都是喧闹的电车声,嘟嘟的喇叭声,到处都是电影院、广告灯,但是扬克斯蜿蜒盘绕的主要街道给人一丝感觉,似乎这是一个爵士音乐化了的英国市镇。

"当然有时候我也想到过布莱克斯特博的人们,不知他们现在怎么样了。我想他们大部分已去世,大概他们以为我已不在人世了。"

"我也有三十年没回那里去了。"

那时候我还不知道关于罗茜已经去世的谣言已经传到布莱克斯特博。我相信大概是有人带回来了乔治·肯普逝世的消息,误传成了罗茜。

"我想在这里大概没有人知道你是爱德华·德里菲尔德的第一个妻子吧?"

"喔,没有;哎呀,要是他们知道的话,那帮记者就会像一窝蜜蜂一样绕着我的公寓嗡嗡叫了。你知道，有时候我真忍不住发笑，我到什么地方去打桥牌，他们会谈起泰德的作品。在美国，他们对他的书简直喜欢得要命。我以前可从来没觉得这些书有那么好。"

"你好像从来都不是特别喜欢读小说，是吗？"

"我更喜欢读历史，不过现在我好像没多少时间读书。我最喜欢礼拜天了。这儿的星期天报纸好看极了。在英国就没有这类报纸。另外，当然啰，我还经常打桥牌，我特别爱打叫牌的桥牌。"

我还记得当我还是个孩子的时候我刚刚认识罗茜，她那时玩惠斯特牌的那种不可思议的技巧就给我留下了深刻的印象。我感到我对她这样的桥牌手并不陌生，她速度快，胆子大，出牌准确；她是个很好的伙伴但是个危险的对手。

"泰德逝世的时候，你要是看到这里的轰动一定会大为吃惊的。我知道他们认为泰德很了不起，可我真没想到他竟是这么个大伟人。所有报纸登的全是他，还登了他的照片和费内别墅的照片；以前泰德常说总有一天他要住进那个别墅。他怎么会和那个医院护士结婚的？我一直以为他会和巴顿·特拉福德夫人结婚呢。他们一直没有孩子，是吗？"

"没有。"

"泰德很想要几个孩子。我在生了头一个孩子之后再没有生，这对他是个很大的打击。"

"我从来不知道你们有过孩子，我非常吃惊。"

"噢，有过一个，所以泰德才和我结婚。可是我生这孩子的时候很困难，医生说我不能再生了。要是她活下来的话，可怜的小家伙，我想我是不会和乔治一起私奔的。她死的时候已经六岁了。是个可爱的小女孩，漂亮得像一幅画一样。"

"你从来没有提起过她。"

"没有，我连提到她都受不了。她得了脑膜炎，我们带她上医院去了。他们让她住在一个单间里，让我们陪伴着她。我永远忘不了她受的苦，她一直叫啊，叫啊，谁也没什么办法。"

罗茜的声音呜咽了。

"是不是就是德里菲尔德在《生活之杯》中所描写的那个死亡的情景？"

"是的。我一直觉得泰德很奇怪。这件事他和我一样提一提都受不了，可是他却全写进了书里；他详详细细地一件事都不漏地写了进去；有的小事情当时我都没注意到，他都在书里写上了，我看了才想起来的。你会觉得泰德是铁石心肠，可其实他并不是那样的，他和我一样难过。我们一起回家的时候，他会像个孩子一样痛哭。一个怪人，是吗？"

正是《生活之杯》这本书，当时曾招致强烈的抗议；而且正是那孩子死去以及她死后的那些情节受到了最最猛烈的抨击。我还清楚地记得那些描述。那实在太悲惨了。它并不带任何抒情的成分，并不会引出读者的眼泪，却会激起读者的愤怒：为什么这样残酷的痛苦会加在一个幼小的孩子身上。你觉得这样的事情只能由上帝在最后审判日来解决。那段文字非常有力。但是如果这个情节是从真实生活中来的话，那么接着发生的情节也是真实的吗？正是后来的那些描述震惊了19世纪90年代的公众并且被评论家们攻击为不仅有伤风化而且根本不可信。在《生活之杯》中，丈夫和妻子（他们的名字我已忘记）在孩子死后从医院回到家里吃茶点，他们很穷，住的是租房，收入仅够糊口。那时天色已晚，大约七点左右。一周持续的焦虑已使他们筋疲力尽，而悲痛又摧垮了他们的精神。他们无话可说，痛苦地默默相对而坐。时间一小时一小时地过去。后来妻子突然站起来走进卧室戴上帽子。

"我想出去走走。"她说。

"好吧。"

他们住在维多利亚车站附近。她沿着白金汉宫街走着，穿过了公园。她走到皮卡迪利街又慢慢地朝马戏场走去。一个男人和她的目光相遇，停了一下，转过身来。

"晚上好。"他说。

"晚上好。"

她停住脚步，微微一笑。

"一起去喝一杯怎么样？"他问。

"我无所谓。"

他们走进皮卡迪利旁边一条小街上的一家酒馆，那里娼妓云集，男人们来这儿把她们挑走，他们喝了一杯啤酒。她和这个素不相识的人聊着天，和他一起放声大笑。她编了一个关于自己的荒唐故事告诉他。后来他问她可不可以跟她回家；她说不行，不过他们可以去旅馆。他们雇了一辆马车，到了布卢姆斯伯里，在一个旅馆里开房间过了一夜。第二天早晨，她坐公共汽车到特拉费尔加广场，然后穿过公园；她到家的时候，丈夫刚刚坐下来准备吃早餐。吃完饭，他们回到医院去安排孩子的葬礼。

"你能告诉我吗，罗茜？"我问，"就是书里孩子死了以后的那些事——这也是真的吗？"

她迟疑地看了我一会儿，接着她双唇间又显露了一个仍是十分美丽的微笑。

"反正这已经是多少年前的事了，讲讲也没有什么，我可以告诉你。他写的并不完全真实。他只是猜测。不过我对他居然能猜到这么多还是很吃惊的，因为我从未对他说过那天晚上的任何事情。"

罗茜拿起一支香烟，沉思地在桌上磕着，可是她没有点着。

"就像他书里写的那样，我们从医院回了家。我们是走回去的，因为我受不了一动不动地坐在马车里，当时我觉得我身体里一切的一切都死去了。那些天我哭得太多了，现在已经哭不出来，我累极了。泰德想安慰我，可是我说：'上帝啊，你什么也别说。'后来他就什么也不说了。那时我们在沃克斯霍尔大桥街一个出租公寓的二层楼租了两间房，一间客室一间卧室，所以我们只得把那可怜的孩子送到医院去，我们在这种出租公寓里无法照料她；另外，房东太太说她也不许把病孩留在房子里，泰德说医院对她的照料会比家里更好。房东太太人倒并不

坏;她过去是个妓女,泰德常常和她聊天,一聊几个钟头。那天她听见我们回来了就上楼来问道:

"'孩子今晚怎么样了?'

"'她死了。'泰德说。

"我什么也说不出来。后来房东太太给我们端来了茶点。我什么也不想吃,可是泰德一定要我吃点火腿。喝完茶我坐在窗边。房东太太进来收拾餐具的时候我也没有回头看。我不愿任何人和我说话。泰德拿着一本书在看;至少他装作在看,可是他一页未翻,我看见他的眼泪滴落在书上。我一直看着窗外。那是六月底,二十八号,白天已经很长了。我们住的房子正在街拐角,我看着街上的人们在酒馆里进进出出,电车来来往往。我觉得这白昼似乎永无尽头,可是突然我发现黑夜降临了。所有的灯都亮了,街上人多得要命。我觉得累极了,两条腿像灌了铅一般。

"'你干吗不点上煤气灯?'我对泰德说。

"'你要点灯?'他说。

"'坐在漆黑一团的屋子里没好处。'我说。

"他点上了灯,开始抽他的烟斗。我知道抽口烟对他有好处。可是我还是坐在那里,两眼望着窗外的马路。我也不知道当时自己是怎么回事。我只是觉得要是我这么坐下去,我会发疯的。我想到有灯光和人群的地方去。我想离开泰德;不,倒不是那么强烈地要离开他,而是要离开泰德正在想的和他正在感受到的一切。可是我们只有两间房。我进了卧室;孩子的小小床还在那里摆着,可我看都不愿看它。我戴上帽子和面纱,换了衣服。然后我走回泰德身边。

"'我想出去一下。'我说。

"泰德抬头看着我。我相信他一定注意到我穿上了我的新衣服,也可能我说话的某种口气使他知道我不需要他。

"'好吧。'他说。

"在书里,他设想我穿过了公园,其实我并没有。我走到维多利亚车站,然后我叫了一辆马车到契林克劳斯。只花了一先令。接着我又顺河滨走着。离家前我就决定了要干什么。你还记得哈里·雷特福德这个人吗?他当时正在阿戴尔费剧院演出,他演二号喜剧角色。我到了后台门口,传进去我的名字。我一直很喜欢哈里·雷特福德。我知道这个人生活有点放荡,另外在金钱方面有点滑头,可是他能使你大笑,尽管他有缺点,可是他还是个难得的好人。你知道吗,他后来去参加布尔战争[2],被打死了。"

"不知道。我只知道后来他不见了,在戏单上再也找不到他的名字了;我还以为他去做生意或改行了。"

"不,战争一开始他就去了。他是在雷迪史密斯被打死的。那天晚上我等了一会儿他就下来了,我说:'哈里,咱们今晚去喝个痛快闹一闹吧。去罗马饭店吃晚饭怎么样?''完全同意。'他说。'你在这儿稍等一会儿,戏一完我卸完装马上就下来。'我一见他心情就好了一些;他那天扮演一个专门透露赛马情报的人,只要看一看他在台上穿着格子布西装、阔边矮毡帽加上一个红鼻头的样子我就忍不住发笑。一直等到戏演完,哈里下来了,我们一起散步到罗马饭店去。

"'你饿吗?'他问我。

"'快饿死了。'我说,我真觉得快饿死了。

"'咱们今天吃最好的去,'他说,'管他花多少钱。我告诉比尔·泰理斯今天晚上我要请我的最了不起的女朋友吃晚饭,跟他商量借了几镑钱出来。'

"'咱们喝香槟去。'我说。

"'怨妇万岁!'他说。

"我不知道你那时候去过罗马饭店没有,那里是很有意思的。你在那里常常见到戏剧界人士和赛马的人,那些妓院的女孩子也常去那里。这是个真正寻欢作乐的地方。还有那个罗马老板。哈里认识他,我们进去后他到我们桌边来;他常常用滑稽的不成句的英语和人讲话;我猜他是故意的,因为他知道别人听了就会发笑。要是有什么他认识的顾客身上没钱了,他总会借五镑给他。

"'孩子怎么样了?'哈里问我。

"'好一些了。'我说。

"'我不想对他实说。男人们很滑稽,有些事情他们并不懂。我知道如果哈里知道孩子已经死了,尸体还躺在医院里而我竟然和他一起出来吃晚饭,他一定会觉得我这样做太可怕了。他会说一些他非常难过这类话,可这些都不是我所需要的;我只想痛痛快快地大笑。"

罗茜这时点燃了她一直拿在手里玩弄着的香烟。

"你知道有时候在一个女人生孩子的时候,丈夫精神上会忍受不了,于是跑出去找另一个女人。当妻子后来发现后,滑稽的是她总会发现的,她就会没完没了地揪住不放,说她正在经受苦痛,而她的男人却竟然去干这种事,唉,这实在是太过分了。我总是劝这样的女人不要犯傻。这种事完全不能说明她的丈夫不爱她,也并不能说这就表示她的丈夫心里不难受得要命,这种事什么也不说明,这只是神经的作用;要是他心里不难过,他根本不会想到去干这种事。我对这种心情很了解,因为当时我就是这样感觉的。

"我们吃完饭后哈里说:'怎么样?'

"'什么怎么样?'我说。

"那时候还不流行跳舞,所以饭后无处可去。

"'到我那儿去坐一会儿看看我的相册,怎么样?'哈里说。

"'可以吧。'我说。

"哈里那时在契林克劳斯路那里有一套很小的公寓房,只有两个房间,一个浴室和一个小厨房,我们坐马车到他那里,我在他公寓里过了一夜。

"当我第二天早晨回到家里,早餐已经放在桌上,泰德刚开始吃。我已经决定如果他要说什么的话,我要对他发一顿脾气。我不在乎会发生什么事。以前我自己挣钱养活自己,我有准备再去干活。只要他稍稍说两句,我就会立刻收拾行李离开他。可是我进屋的时候他只是抬头看了看我。

"'你来得正是时候,'他说,'我正想把你那份香肠也吃了。'

"我坐了下来,给他倒了茶。他继续看他的报纸。吃完早饭我们一起去医院。他从来没有问过我这一夜到哪里去了。我不知道他是怎么想的。那段时间他对我好极了,无微不至。我非常难受。不知怎么,我总觉得无法忘掉这事,泰德尽了一切可能安慰我,让我觉得轻松一点。"

"你看了他写的书以后怎么想呢?"我问道。

"我发现他对那天晚上所发生的事知道得很清楚,确实让我吃了一惊。我想不通的是他竟会把这些都写下来。谁都会以为这是他最不情愿写进书里的事情。你们这些作家啊,全都是些怪人。"

这时电话铃响了。罗茜拿起听筒听了一会儿。

"啊呀,凡诺齐先生啊,谢谢你给我来电话!喔,我的日子很美好,谢谢你。对啊,要是你喜欢,这么说也行,我是又美又好。等你到我这年纪,你就什么赞扬都爱听了。"

接着她和电话里的另一方开始聊了起来,我觉得她的声调不仅矫揉造作而且带着调情的味道。我无意听他们的谈话,而这电话好像拖得很长,于是我开始思索起一个作家的生活来。那真是充满苦难的生涯。开始的时候,他必须忍受贫困和外界的漠视;后来他小有成就,他必须以很高的姿态来对付任何意想不到的情形。他的成败有赖于喜怒无常的公众舆论。他只能任人摆布，记者们来采访他，摄影师要为他照相，编辑们老来打扰他要拷贝，税务官盯住他要他交所得税；还有，有地位的人请他去共进午餐，学院的秘书长们要他去演讲，有的女人想嫁给他，而有的女人又要和他闹离婚，年轻人问他要签名照片，演员们要求在他的剧里担任角色，素不相识的人向他借钱，感情冲动的女士们征求他关于婚姻方面的意见，态度认真的年轻人要他指点他们的作文，还有经纪人、出版商、经理，令他厌烦的人，钦佩他的人，评论家，最后是他自己的良心。不过他有一点是值得告慰自己的，无论何时，只要他心里有什么事情，不管是令他不安的某种回忆，对一个亡友的悼念，对恋人的单相思，被损害的自尊心，或是对一个他曾善意相待的朋友的背叛的愤怒，总之，只要他产生某种激情或某种使他不能平静的想法，他只需要把它写成白纸黑字，用它们作为一个故事的主题或点缀一篇散文，此后他就可以忘却这一切了。他是唯一真正自由的人。

罗茜放下了电话听筒，转过身来。

"这是那些向我献殷勤的人之一。今天晚上我约好要去打桥牌，他来电话说他开车来接我。当然他是个意大利佬，不过他还真是个很不错的人。他以前在纽约市中心开个很大的食品杂货店，不过现在退休了。"

"你从来没考虑过再结婚吗，罗茜？"

"没有，"罗茜微笑着说，"并不是没有人向我求婚。可是我现在这样生活很愉快。这个问题我是这样想的：我不想和年岁大的人结婚，可我现在这个年龄再去和一个年轻人结婚那也太荒唐了。我曾度过最好的时光，我这一辈子已经心满意足了。"

"你怎么会和乔治·肯普一起逃跑的？"

"嗯，我一直很喜欢他。我早在认识泰德之前就认识他了。不过那时我从未想到将来会有机会和他结婚。首先是因为他已经结婚，其次，他还得考虑他的地位。可是后来有一天他跑来告诉我说他的事情糟透了，他已经破产，过几天就会有一道通缉令抓他，所以他要逃往美国去并问我愿不愿意和他一起走，这时候我怎么办呢？他这个人一辈子有自己的房子住，自己的马车坐，舒服日子过惯了，现在他可能身上分文不名，我不能让他一个人这样到美国来。我又不怕干活。"

"有时候我觉得他可能是你一生中真正爱过的男人。"我说。

"你的话确实有点道理。"

"我不懂你觉得他有什么可贵之处。"

罗茜的目光渐渐移向墙上的一张照片，不知为什么我竟一直没有注意到它。那是一张乔治老爷的放大照片，夹在一个雕刻镀金的镜框中。看上去这是他刚到美国后不久照的；也许是在他们结婚的时候。那是张大半身像。他穿着长达膝盖的大礼服，扣子扣得很紧，花哨地歪戴着一顶很高的丝质礼帽，纽扣中插了一朵大大的玫瑰花；一边臂下挟着一根带银包头的手杖，右手拿着一支点燃的大雪茄，一缕青烟袅袅升起。他留着浓浓的络腮胡子，末梢上了须蜡，眼光中流露着俏皮的神情，模样像个傲慢的吹牛大王。领带上别一个钻石的马掌形别针。

他活像个酒店老板,穿上自己最得意的衣服,准备去参加埃普逊一年一度的赛马大会。

"我可以告诉你,"罗茜说,"因为他始终是这样一个十全十美的绅士。"

1 华托(Antoine Watteau 1684—1721):法国画家。多数作品描绘贵族的闲逸生活,人物带沉思忧郁之感。
2 也称英布战争,英国对南非布尔人的战争(1899—1902)。布尔人战败。